로크미디어가
유혹하는
재미있는 세상

어게인 마이 라이프

마이 라이프

SEASON 2

어게인 마이 라이프 Season 2 13

2016년 12월 19일 초판 1쇄 인쇄
2016년 12월 22일 초판 1쇄 발행

지은이 이해날
발행인 이종주

기획 팀 이기헌 송윤성 왕소현
책임 편집 최전경

발행처 (주)로크미디어
출판등록 2003년 3월 24일
주소 서울시 마포구 성암로 330 DMC첨단산업센터 3층 314호
Tel (02)3273-5135 Fax (02)3273-5134
홈페이지 rokmedia.com E-mail rokmedia@empas.com

ⓒ 이해날, 2016

값 8,000원

ISBN 979-11-6048-014-6 (13권)
ISBN 979-11-255-8823-8 04810 (세트)

이 책의 모든 내용에 대한 편집권은 저자와의 계약에 의해
(주)로크미디어에 있으므로 무단 복제, 수정, 배포 행위를 금합니다.

작가와의 협의에 의해 인지는 생략합니다.
잘못된 책은 바꾸어 드립니다.

SEASON 2

어게인
마이 라이프
SEASON 2

이해날 장편소설

ROK
MEDIA
로크미디어

CONTENTS

Chapter 1

　가을의 저녁은 기온차가 커서 낮과 달리 쌀쌀했다.

　찬 바람이 불어오며 해가 서산으로 넘어간 늦은 저녁이었다.

　점심시간에 정형학의 간호사를 만난 후 다시 병원으로 돌아온 희우는 아직까지 병원 로비에 앉아 있었다.

　모자를 눌러쓰고 병원 면회자인 척 앉아 있던 희우. 그는 누군가 나타나자 고개를 숙였다.

　그 누군가는 방사능과에 있는 방선진이었다.

　누군가를 찾는 듯 고개를 좌우로 돌리는 방선진의 앞으로 두 사람이 걸어갔다.

　두 사람은 연석과 상만의 부하 직원인 서도웅이었다.

　서도웅이 다가가자 방선진이 연석을 보며 입을 열었다.

"늦어서 죄송합니다. 일이 많이 밀려서요. 이분이 말씀하신 조카분인가요?"

서도웅이 고개를 끄덕였다.

"네."

잠시 연석은 찬찬히 훑어보던 방선진이 다시 말했다.

"요 앞에 조용한 커피숍이 있는데 그쪽으로 가서 이야기하죠."

방선진이 앞장섰고 그 뒤를 서도웅과 연석이 쫓았다.

그들의 모습을 로비에서 희우가 바라보고 있었다.

희우가 이어폰에 달린 마이크에 대고 입을 열었다.

"지금 연기자하고 타깃 나갑니다."

밖에서는 민수가 대기하고 있었다.

민수에게 상황을 전달한 희우는 자리에서 일어서서 조용히 세 사람의 뒤를 따라갔다.

잠시 후, 방선진, 서도웅 그리고 연석은 커피숍에 앉아 있었다.

"해외에서 사업을 하셨다고요?"

방선진의 질문에 서도웅이 고개를 끄덕이며 가방에서 서류를 꺼내 테이블 위에 올렸다.

"혹시 몰라서 가지고 다닙니다. 사업자 등록증 사본과 3년간의 재무제표입니다."

병원에서 일만 하는 방선진이 재무제표를 잘 이해할 수는 없었다. 그저 나열된 숫자로 보일 뿐이었다.

서류를 들어 가만히 바라보던 방선진이 말했다.

"군 면제를 만드는 데 얼마나 드는지 아시나요?"

서도웅이 고개를 저었다.

"말씀드렸잖아요. 해외에서만 사업을 해서 한국에는 끈이 없습니다."

서도웅의 말이 마치자마자 방선진이 '툭' 하고 던지듯 말을 내뱉었다.

"5억 정도 들어갑니다."

"5억요?"

5억이라는 말에 서도웅의 눈이 순간적으로 커졌다.

방선진이 서도웅의 표정을 놓치지 않고 입을 열었다.

"사실 지금 상당히 위험하잖아요. 그래서 위험부담 때문에 가격이 조금 더 셉니다. 그리고 하고 싶다고 해서 다 할 수 있는 것도 아니에요."

"……."

"사장님의 사연이 안타까워서 도와 드리고는 싶지만 이런 문제는 제가 직접적으로 관여하는 게 아니라 가능한지 먼저 알아봐야 합니다."

서도웅이 고개를 끄덕였다.

"알겠습니다. 금액이 생각 이상으로 높아서 조금 놀라기는 했지만 그 정도면 괜찮습니다. 한번 알아봐 주십시오."

방선진이 활짝 웃으며 가방에서 메모지를 꺼냈다. 그리고 계좌 번호를 적은 후 테이블 위에 올려놓았다.

"먼저 이 계좌에 2억을 넣어 주세요. 그다음은 브로커와 만나게 해 드리겠습니다."

"네? 네. 2억…… 알겠습니다."

"그럼, 선입금은 언제까지 가능한가요?"

"내일이나 내일모레? 그 정도면 괜찮을 것 같습니다."

그들이 이야기하고 있을 때, 희우는 커피숍 밖에 주차된 차량에 앉아 있었다.

희우가 운전석에 앉아 있는 민수에게 물었다.

"병역 브로커가 몇 년 살죠?"

민수가 고개를 갸웃거렸다. 뭔가를 생각하는 모양이었다. 그리고 입을 열었다.

"한동안 잡히지 않아서 최근은 잘 모르겠네, 그런데 한 10년 전에 운동선수 수십 명을 면제시켜 줬던 병역 브로커가 징역 3년 받았다는 건 기억나."

"3년 살고 돈을 저 정도 벌 수 있다면 괜찮은 사업이네요."

"그렇지. 흘흘흘."

하지만 두 사람의 대화는 이어지지 못했다.

커피숍 문이 열리고 방선진이 나오고 있었다.

밖으로 나온 방선진이 서도웅과 인사하고 있을 때 민수가 말했다.

"잡을까?"

"아뇨. 지금 잡으면 브로커는 구경도 못 할 것 같아요."

"그럼?"

희우는 말없이 민수의 손에 단추 모양의 작은 도청기를 건넸다.

"부탁드려요."

민수는 손에 놓인 도청기와 희우를 번갈아 보며 물었다.

"어떻게 하라고?"

"하하, 모자를 쓰고 있다고 해도 제 얼굴은 이미 알려졌잖아요. 선배님은 안 알려졌고요."

"그래서 이걸 어떻게 하라고?"

"뒤에 강력한 양면테이프를 붙여 놨어요. 여간해서는 떨어지지 않을 거예요."

"도청은 법에 어긋나는 거 알지?"

"네."

"내가 나중에 꼭 너도 잡아 버릴 거야. 흘흘흘."

민수는 장난스럽게 웃으며 머리를 북북 긁었다.

가뜩이나 정돈되지 않은 머리가 손에 의해 헝클어지며 그의 모습은 노숙자로 변해 갔다.

차량에서 내린 민수가 앞서가는 방선진의 뒤를 쫓았다. 그리고 부딪쳤다.

"아이고, 죄송합니다. 아이고, 죄송해요."

민수와 부딪친 방선진은 미간을 찌푸렸다.

한눈에 보기에도 더럽게 생긴 민수. 어쩐지 냄새도 날 것
같았다.

방선진은 민수를 잠시 노려본 후 말없이 병원으로 향했다.

그런 방선진의 뒷모습을 보며 민수는 묘한 미소를 보였다.

"사람을 겉만 보고 판단해서는 안 되지. 흐흐흐."

민수는 방선진과 부딪치면서 그의 백팩 아랫부분에 도청
기를 붙이는 데 성공했다.

그걸 본 희우는 이어폰을 귀에 걸었다. 그리고 다시 모자
를 눌러쓴 채 차량에서 내렸다.

민수가 희우의 옆을 스쳐 지나가며 말했다.

"그럼 나도 이만 퇴근한다. 무슨 일 있으면 연락 줘."

"네, 알겠습니다."

희우는 방선진의 뒤를 쫓았다.

방선진은 누군가와 전화하고 있었다.

"카드값 갚을 수 있을 것 같아. 응, 병원에서 보너스 나온대."

다음 날, 희우는 병원에 앉아 있었다.

대형 병원 같은 많은 환자들이 오가는 곳에서 가만히 앉아
있는 희우를 신경 쓰는 사람은 없었다.

하지만 희우는 가만히 앉아 있는 게 아니었다.

눈으로는 주변을 살피며 귀로는 방선진의 옷에 달린 도청
장치에서 흘러나오는 소리를 듣고 있었다.

그때 희우에게 전화가 걸려 왔다.

민수였다.

-야, 일이 더 재밌게 돌아가는데?

"네?"

-정형학, 지금 구속 수사로 바뀌었어.

"……!"

-잘은 모르겠는데 제왕 화학 쪽에서 발등에 불이 떨어졌
나 봐. 어서 사건을 수습하려고 하는 거겠지.

희우의 눈이 찌푸려졌다.

그런 희우에게 민수가 말을 이었다.

-담당 검사도 바뀌었다.

"누구죠?"

-구승혁.

"……!"

구승혁은 희우와 연수원 동기 출신의 검사다.

죄에 대한 것은 희우보다 더 무섭고 집요하게 달려드는 검사.

-내가 말했지? 정형학이 깨끗한 놈은 아니라고. 구승혁
이라면 어떻게 할 것 같아?

희우는 입을 꽉 깨물었다.

상대가 구승혁이라면 상성이 좋지 않다.

구승혁은 카메라가 찍고 있든 인권 협회가 보고 있든 상관
하지 않는 사람이었다.

어떻게든 죄의 책임을 묻는 사람. 그게 구승혁이었다.

민수가 입을 열었다.

—병역 비리로 잡혀가기 전에 다른 걸로 달려갈 거야. 정
형학이 구승혁 앞에서 버틸 수 있는 예상 시간은 앞으로 열
두 시간. 그 안에 해결하지 못하면 네 의뢰인은 다른 이유로
법정에 선다.

희우는 낮게 한숨을 내쉬었다.

"알겠습니다. 일단 병역 비리부터 해결해야죠."

희우는 전화를 끊었다.

곧바로 병원의 로비로 경찰들이 들어서고 있었다.

그리고 잠시 후, 정형학이 경찰들과 함께 밖으로 나가는
모습이 희우의 눈에 들어왔다.

지금부터 열두 시간.

시간이 촉박했지만 희우는 방선진의 목소리에 집중했다.

그 시각, 제왕 화학 대표이사실.

대표 주기율은 누군가와 전화하며 큰 소리로 웃고 있었다.

"며칠 전부터 시위대가 와서 많이 시끄러웠거든요. 제가 잘

못하지 않았지만 아무래도 대표라는 명함을 가지고 있는 상황인데 대문 앞에서 저러고 있으니 낯이 뜨거워 혼났습니다."

－구승혁이라는 검사가 사건을 맡을 겁니다. 믿을 만한 친구이니 상황은 금방 해결될 것입니다.

"감사합니다. 제가 조만간 찾아뵙고 인사드리겠습니다."

제왕 화학의 대표 주기율은 전화를 끊었다.

아들의 병역 비리 문제다.

평소라면 가볍게 무시하며 지나갔을 문제. 하지만 웬일인지 시민 단체가 나섰고 인터넷이 요란해졌다.

어떤 인터넷의 커뮤니티에는 자식의 얼굴 사진까지 올려놓으며 입에 담지 못할 폐륜적인 말로 욕을 하기도 했다.

주기율이 창밖으로 걸어가 밖을 내려다보며 작게 입을 열었다.

"뒤에 있는 게 김희우라고?"

주기율의 입가에 잔혹한 미소가 걸렸다.

병원 밖 주차장. 그곳엔 민수가 앉아 있었다.

그는 핸드폰으로 스톱워치를 켜 둔 채 싱글벙글 웃고 앉아 있었다.

그리고 오후 6시.

병원의 직원들이 하나둘 퇴근하고 있었다.

방선진도 그 시간에 맞춰 병원을 빠져나갔다.

그 뒤를 희우가 뒤쫓았다.

방선진이 서도웅의 의뢰를 받으면 필히 브로커에게 연락하거나 만남을 가질 것이라고 예상하고 있었다. 하지만 희우의 생각과 달리 방선진은 브로커와 어떤 접촉도 하지 않았다.

그는 어제와 마찬가지로 병원 근처 자신의 집으로 들어갔을 뿐이었다.

희우는 도청기의 소리가 잡힐 수 있도록 방선진의 집 문 근처에 서 있었다.

시간이 지났다.

오후 8시.

집으로 들어간 방선진은 누군가와 통화는 자주 하고 있었지만 그게 병역 브로커로는 보이지 않았다.

오후 9시가 되고 10시가 되어도 밖으로 나오기는커녕 브로커와 전화도 하지 않았다.

희우는 손목을 들어 시계를 보며 고개를 갸웃거렸다.

"브로커가 없나?"

방선진이 브로커 없이 영상을 바꿔치기할 수도 있었다.

만약 연석이 사진을 찍는다면 연석의 사진이 아니라 정말 건강이 좋지 못한 다른 환자의 사진을 주는 것.

물론 지금 희우가 생각하기에 그 확률은 높지 않았다.

담당 의사와 협의해야 하는 등의 과정은 브로커 없이 만들어지기 어려운 일이니까.

하지만 희우는 여러 가능성을 열어 놓은 채 방선진의 행동을 조용히 기다렸다.

구승혁이 사건을 맡은 이상 시간은 촉박했지만 그럴수록 천천히 숨을 죽이고 기다려야 하는 게 더 빠른 길이라는 걸 잘 알고 있었다.

밤 11시.

도청기에서 방선진의 목소리가 들렸다.

"아빠 나갔다 올게."

초등학생 아들이 있는 방선진. 아이는 아직 잠자지 않는지 방선진에게 나가지 말라고 칭얼거렸다.

방선진이 다시 말했다.

"일 때문에 그래. 금방 갔다 올게. 자고 있어."

그리고 이어서 방선진 아내의 목소리가 들렸다.

"병원 일이 그렇게 바빠?"

"어쩔 수 없잖아. 사회생활이라는 게 다 그렇지, 뭐."

방선진이 밖으로 나왔다. 그리고 엘리베이터를 타고 지하 주차장으로 내려갔다.

차를 타고 그가 향하는 곳. 그곳은 강남의 유흥가였다.

소위 룸살롱 거리라 불리는 그곳.

집에는 일 때문에 밤늦게 나가야 한다고 말했던 방선진이 그중 한 가게로 들어가고 있었다.

그가 들어가자 희우는 전화기를 들었다.

"근처에 계시죠?"

ㅡ응.

"같이 들어가서 술이나 한잔하죠."

ㅡ흘흘흘, 내가 희우하고 룸살롱도 가 보는구나.

어느 순간 민수가 나타나 희우의 옆에 섰다.

희우가 민수에게 물었다.

"그런데 오늘은 퇴근 안 하세요?"

"구승혁이 빠를까, 아니면 네가 빠를까 궁금하잖아."

민수는 묘하게 웃으며 계단을 따라 룸살롱이 있는 지하로 내려갔다.

술집의 마담이 나와 먼저 내려온 민수를 반겼다.

"어서 오세요. 두 분이서 오셨어요? 예약은?"

하지만 마담의 표정은 민수의 행색을 보며 미간이 찌푸려졌다. 아무래도 지저분한 모습으로 서 있는 민수가 마음에 들 수는 없었다.

마담이 입을 열었다.

"죄송한데 예약하지 않으셨으면 나중에 오셔야겠는데요. 오늘 다 방이 차서요."

물론 민수를 내보내기 위한 거짓말이었다.

민수가 마담의 앞으로 다가서며 묘한 미소를 지었다.

"흘흘흘, 그래도 방 하나 내줘야겠는데?"

그리고 마담을 향해 신분증을 꺼내 보이며 말을 이었다.

"방 없어?"

신분증을 본 마담이 표정을 일그러트리기까지는 얼마 걸리지 않았다.

그녀는 마치 못 볼 것을 봤다는 얼굴이었다.

마담은 체념한 표정으로 입을 열었다.

"이…… 있어요."

"방금 들어간 남자 있지? 그 남자 옆방으로 준비해."

"……네."

"그리고 만약 우리가 왔다는 이야기를 하면 이 가게는 오늘부로 내 관심 가게가 될 거야."

"네?"

"매일 올 거라고."

민수의 말에 마담은 그저 고개를 끄덕일 수밖에 없었다.

저런 지저분한 외모의 남자가 가게를 들락거리는 것을 손님들이 본다면 매상이 뚝 떨어질 것이 분명했다.

게다가 상대는 검사다. 어떤 꼬투리를 잡아서라도 영업정지를 시킬 수 있는 힘을 가지고 있다.

희우와 민수는 마담의 안내를 받아 방선진의 옆방에 자리했다.

민수가 물었다.

"그런데 정말 술은 안 마실 거냐?"

"네."

민수의 주문을 받기 위해 떨고 있는 마담에게 향했다. 그리고 입을 열었다.

"술은 됐고 여기 앉아 봐."

마담은 떨떠름한 표정으로 그들의 맞은편에 앉았다.

그녀가 앉자 희우가 물었다.

"옆방에 있는 남자, 자주 오나?"

마담이 끄덕거렸다.

희우가 다시 물었다.

"어떤 여자를 부르지?"

"우리 가게에 지예라고 있거든요. 그 애만 불러요."

한 사람만 부른다? 희우의 눈이 찌푸려졌다.

민수가 마담에게 말했다.

"그 지예라는 애, 이쪽으로 불러와."

"네? 지금 그 손님이랑 같이 있는데요?"

"알아서 핑계 대고 끌고 와."

마담은 고개를 끄덕이며 자리에서 일어섰다.

잠시 후, 두 사람의 앞에 지예라는 이름의 여자가 달라붙는 원피스를 입은 채 앉았다.

희우가 그녀를 위아래로 훑어본 후 입을 열었다.

"방선진과의 관계는?"

"손님이에요."

"그게 전부야?"

여자가 깊은 한숨을 내쉬었다. 그리고 물었다.

"뭐야? 아저씨들, 형사야?"

"검사야."

"……!"

민수의 말에 그녀는 잠시 놀란 것 같았다. 하지만 다시 입을 열었다.

"검사라 해도 그렇지, 왜 그런 걸 물어요? 영장 있어요?"

민수가 한숨을 내쉬었다. 그리고 희우를 보며 말했다.

"영화나 드라마가 사람 망쳐 놔. 꼭 영장 있냐고 물어보고 있어."

민수가 여자를 향해 몸을 쑥 내밀었다. 그리고 낮은 목소리로 말을 이었다.

"드라마에서 검사라는 직업을 가진 차가운 남자가 모자란 여자랑 사귀면서 알콩달콩 연애나 하니까 달콤해 보이냐?"

"……!"

"눈이 있으면 핸드폰 그만 보고 신문 좀 봐. 머리가 있으면 생각 좀 하고."

민수의 싸늘한 눈빛에 여자는 자신도 모르게 눈을 피했다.

겁먹고 있는 여자를 보며 희우가 다정한 목소리로 말했다.

"방선진 씨에 대해서 알아 가면 돼. 그럼 넌 상관없으니까 알고 있는 것이나 말해 봐."

우물쭈물하던 여자가 조심스럽게 입을 열었다.

"그냥…… 오면 비싼 술도 시키고요. 팁도 많이 줘요."

"팁만 많이 줘?"

"……."

그녀가 뭔가를 숨기고 있는 것 같자 희우가 다시 다정한 목소리로 물었다.

"겁먹을 필요 없어. 그냥 알고 있는 사실만 이야기해 주면 되는 거야."

"사실…… 한 달에 한 번씩 생활비로 쓰라고 용돈도 줘요."

"용돈?"

"……네."

그 말에 희우가 짜증 난다는 듯 머리를 긁적였다. 그리고 그녀에게 물었다. 그 목소리는 지금까지 다정한 말투가 아니었다.

"너, 대포폰 쓰지?"

"네?"

"핸드폰 내놔 봐."

여자는 떨리는 손으로 작은 가방에서 핸드폰을 꺼내 테이블에 올려 뒀다.

통화 목록은 '방선진'이라는 이름으로 도배되어 있었다.

희우가 고개를 저으며 민수에게 말했다.

어게인
마이라이프
SEASON2

"방선진 아니네요. 헛물 켰어요."

방선진은 재정 상태가 매우 좋지 않았다. 그런데 그것은 모두 술집 여자에게 돈을 쓰고 있어 그런 것이었다.

그리고 짧은 기간 1천여 통의 통화를 했다. 희우는 그것을 브로커와 연락한 것이라고 생각했는데 사실 모두 이 술집 여자에게 하고 있었던 것이다.

희우의 입에서 무거운 한숨이 흘러나왔다.

남은 시간이 얼마 남지 않은 상태에서 잘못 짚어 내고 있었다.

민수는 허탈한 웃음을 지으며 앞에 앉아 있는 여자에게 나가라고 손짓했다.

희우는 자신의 가방에서 정형학이 줬던 파일을 꺼내 들어 테이블 위에 놓았다.

처음부터 다시 시작해야 했다. 그리고 이것이 빠른 길이었다.

희우가 말했다.

"범인이라면 병원을 그만뒀을까요?"

"그건 모르겠지만 제왕 화학 아들내미 한 명만 해 주고 그만두지는 않았겠지?"

희우는 가방에서 다른 서류를 꺼내 들었다.

연예인, 국회의원, 고위 공직자, 그리고 재벌가의 병역 면제 사항에 대한 서류였다.

민수가 물끄러미 희우가 꺼낸 서류를 보며 어이없다는 듯 피식 웃었다.

"지금부터 하나하나 다 조사하려고?"

"아니요. 이 중에서 가장 힘이 없는 사람을 잡아서 들어가 보려고요."

"응? 힘이 없는 사람?"

희우는 서류를 주르르륵 펼쳤다. 그리고 그중에서 고위 공직자들의 이름은 옆으로 빼 뒀다.

"요즘 병원의 기록을 이용해서 병역 비리를 저지르는 사람은 대부분 연예인이나 운동선수이죠."

제왕 화학 주기율 대표의 아들은 5년 전 일어난 일이었다.

5년 전과 달리 지금 힘이 있는 사람들은 병원 기록을 조작하는 병역 면제 방법은 저지르지 않았다.

요즘은 국적 포기를 이유로 병역을 면제받은 사람이 늘어나는 중이었다.

미국 등으로 국적을 바꾼 후 군대에 갈 나이가 지나면 슬며시 다시 한국 국적을 회복하는 꼼수.

국적을 바꿨다가 다시 한국 국적을 회복한다고 하더라도, 아니 회복하지 못한다고 하더라도 상속에는 아무런 문제가 없기에 가능한 일이었다.

희우가 테이블 위에 사람의 이름이 적혀 있는 서류를 하나씩 정리하기 시작했다.

남아 있는 것은 연예인뿐이었다.

이름을 쭉 훑어보던 희우는 전화를 들었다. 그 전화는 연수원 동기였던, 그리고 지금은 의사 정형학을 취조하고 있는 구승혁에게 연결되고 있었다.

잠시 후, 전화를 받은 구승혁이 말했다.

-무슨 일이야?

구승혁은 희우가 정형학의 변호인이라는 것을 알고 직접적으로 물어보고 있었다.

희우는 담담하게 입을 열었다.

"아, 정형학 씨와 통화 좀 할 수 있을까?"

-이유는?

"물어볼 게 있어서 그래."

구승혁은 잠시 뭔가 생각하는 듯했다.

그가 알고 있는 희우에 대해 생각하고 있는 것이다.

그리고 희우라면 정형학이 저지른 죄를 단순히 덮어 주기 위해 변호를 맡고 있는 것이 아니라고 생각했다.

생각을 마친 구승혁은 전화기를 정형학에게 건넸다.

-여보세요?

정형학의 목소리가 들리자 희우가 빠르게 말했다.

"3년 동안 해당 병원을 오가며 면제받은 연예인이 있지요?"

-네?

"기억나는 이름 불러 주세요."

정형학은 희우에게 해당 연예인의 명단을 불렀다.

희우는 그 이름을 서류에 적으며 민수에게 사인을 보냈다.

민수는 희우의 사인을 받고 적힌 이름에 대해 검색하기 시작했다. 그리고 연예인들의 병명을 불러 내려갔다.

"수핵탈출증, 두개골 결손. 십자인대재건."

전화를 끊은 희우는 서류를 들어 이름과 병명을 쭉 훑어봤다.

민수가 전화를 끊은 희우를 보며 말했다.

"지금 이 사람들의 이름하고 병명을 알고 있다고 해도 도움이 될 수는 없어."

희우가 고개를 끄덕였다.

"네, 우리는 불가능하죠. 하지만 가능한 사람이 있습니다."

희우는 다시 전화를 들었다. 그의 전화가 향하는 곳은 천호령 회장의 둘째 아들 천유성 사장의 보좌관이었다.

"천유성 사장님 좀 바꿔 주십시오."

—무슨 일 때문에 그러시죠?

"제왕 화학 병역 비리 사건 때문입니다."

—그 정도의 일이라면 제게 말씀해 주십시오.

보좌관은 희우가 천유성과 통화할 정도의 급은 아니라고 생각하고 있었다. 이빨이 빠진 호랑이라고 생각하니까.

그가 자신을 낮게 보고 있다는 것을 느꼈지만 희우는 상관하지 않고 입을 열었다.

"지금 불러 주는 연예인들 중 병역 비리의 의혹이 있는 사람만 알려 주시겠습니까?"

그리고 희우는 보좌관에게 적혀 있는 이름을 불러 갔다.

보좌관이 입을 열었다.

―방금 말씀하신 그 코미디언 있잖아요? 십자인대재건 받은 사람.

"네."

―그 사람, 의사와 공모해서 받은 것으로 알고 있습니다.

보좌관은 전화를 끊고 앞에 앉아 있는 천유성을 바라봤다.

천유성이 입을 열었다.

"무슨 일이지?"

"김희우 변호사가 제왕 화학의 병역 비리를 캐고 있는 모양입니다. 그래서 소스 하나를 던져 줬습니다."

천유성이 가소롭다는 듯 고개를 저었다.

"김희우는 돈을 벌어 봤지만 써 본 적이 없는 사람이야. 사람들의 표를 받아 먹고사는 정치인도 아니고 주기율이나 그 아들놈이 법정에 선다고 눈 하나라도 깜짝할 줄 알고 있나 봐."

보좌관이 고개를 끄덕였다.

"그런 것 같습니다. 하지만 제왕 화학의 주기율 대표의 행보를 잠시 멈추게 할 수는 있을 것 같습니다."

천유성은 천천히 고개를 끄덕였다. 그리고 낮은 목소리로 말했다.

"천하민이가 애가 닳겠군."

제왕 화학 주기율 대표는 셋째 천하민과 손잡고 있다. 그러니 손잡고 있는 주기율이 잠시나마 흔들린다면 천하민은 당장 앞으로 나아갈 수 있는 추진력을 잃게 된다는 것이었다.

그 시각, 희우는 다시 취조받고 있는 정형학과의 전화를 끊는 중이었다.

희우가 민수에게 말했다.

"코미디언의 진료를 맡은 것은 백종욱 교수라고 합니다."

"답 나왔네."

희우는 민수와 함께 자리에서 일어섰다. 그리고 곧바로 방선진이 있는 옆방으로 들어갔다.

여자를 옆에 끼고 노래를 부르던 방선진이 순간 놀란 눈으로 희우와 민수를 바라봤다.

"누…… 누구세요?"

민수가 주머니에서 신분증을 꺼내 방선진의 앞에 보였다.

"아, 뭐 좀 물어볼 게 있어서요."

"네?"

민수가 여자를 보며 나가라고 눈짓을 보내자 그녀는 엉거주춤 일어나 방을 나갔다.

희우가 방선진의 앞에 앉아 입을 열었다.

"병역 비리입니다."

"……!"

방선진의 눈동자가 데구르르 굴러갔다. 그리고 어제 서도웅과 만나 병역 비리에 대한 이야기를 했던 것을 기억해 냈다.

방선진이 고개를 저었다.

"저…… 아니에요. 그거 다 거짓말이에요."

희우가 싸늘한 목소리로 말했다.

"거짓말하지 마. 네가 범인이야."

"진짜 아니에요. 전 그냥…… 돈을 벌 수 있을까 하는 생각에……."

방선진의 고개가 숙여졌다.

희우가 말했다.

"그럼 너 말고 병원에서 병역 비리를 하고 있는 사람을 알고 있어? 그런 사람을 알고 있고 말해 줄 수 있다면 너를 용의 선상에서 빼 줄 생각은 있는데."

방선진이 고개를 저었다.

"……몰라요."

희우는 가방에서 서류를 꺼내 방선진의 앞에 뒀다.

"정형외과 백종욱 교수. 누군지 알고 있지?"

방선진은 고개를 끄덕였다.

같은 병원에서 일하고 있는 사람이니 모른다는 게 더 이상한 일이었다.

희우가 말했다.

"전화해서 지금 네 사정을 말해."

"네?"

"돈이 없다. 그래서 돈이 필요하다. 병역을 면제받고 싶어하는 사람이 찾아왔다. 그 사람은 돈이 얼마나 있다. 이렇게 이야기해 봐."

방선진이 고개를 저었다.

"저…… 백종욱 교수님은 그럴 분이 아닌데요."

"세상에 그러지 않을 사람은 없어."

희우는 방선진의 주머니에서 핸드폰을 꺼내 테이블 위에 올렸다. 그리고 입을 열었다.

"지금 전화하지 않으면 네가 모든 걸 뒤집어쓰고 검찰에 끌려갈 거다. 어디에서 잡혔는지, 그동안 무슨 일을 했는지 병원에 알려지는 건 순식간이겠지."

방선진은 깊게 한숨을 내쉬었다. 그리고 떨리는 손으로 전화를 잡았다. 그에게 선택할 수 있는 권한은 없었다.

잠시의 신호음이 울렸다.

─여보세요?

백종욱 교수가 전화를 받자 방선진이 입을 열었다.

"저…… 저기, 교…… 교수님, 방사선과의 방선진입니다."

─아, 방 선생? 무슨 일인가?

방선진은 크게 한숨을 내쉬었다. 그리고 더듬더듬 입을 열었다.

"이런 말씀 드리면 안 되는 걸 알지만 상담할 사람이 교수님밖에 없어서 전화드렸습니다."

방선진은 희우의 말대로 주절주절 자신의 어려운 상황에 대해 이야기했다. 그리고 말을 이었다.

"병역 면제를 받고 싶다는 의뢰가 들어왔습니다."

―……!

백종욱 교수는 잠시 아무 말도 하지 않았다.

방선진이 다시 말했다.

"외국에서 사업하고 있는 분인데 조카가 정신적으로 문제가 있나 봐요."

―방 선생, 어려운 사정은 알지만 그건 의료법상 해서는 안 되는 일이야. 그리고 지금 정형학 선생 때문에 병원이 얼마나 시끄러운지 알고 그러나? 한순간의 욕심으로 의료 생활을 접어야 할 수도 있어.

그 말을 듣고 있던 희우가 핸드폰을 꺼내 방선진이 해야 할 말을 적은 뒤 방선진의 눈앞에 두었다.

그러자 그가 그걸 보고 글자를 따라 읽었다.

"5…… 5억을 준다고 해서 흔들렸습니다."

5억이라는 말에 백종욱 교수는 잠시 아무 말도 하지 않았다. 그리고 입을 열었다.

―5억이면 자네의 빚을 탕감할 수 있나?

희우가 다시 문자를 적어 방선진의 앞에 뒀다.

"전 1억만 있으면 됩니다. 나머지는 필요 없습니다."

―알았네. 다시 전화하지.

전화가 끊겼다.

민수가 희우를 보며 말했다.

"이놈이네."

희우가 고개를 끄덕였다.

"네, 그런데 문제는 브로커까지 잡아야 합니다."

그 시각, 서울 서초구의 한 아파트.

그곳은 정형외과 교수 백종욱이 살고 있는 곳이었다.

방선진과의 전화를 마친 백종욱은 자리에서 일어나 창가로 걸어갔다.

그가 낮게 입을 열었다.

"술에 취한 목소리, 뭔가를 읽고 있는 듯한 말투, 일반적인 곳과 다른 고요함."

백종욱의 입이 꽉 다물렸다. 그리고 그는 천천히 핸드폰을 들어 올렸다.

"아, 김 사장. 백종욱입니다. 늦은 밤에 죄송합니다."

-아, 네 교수님. 괜찮습니다.

"우리가 했던 일들, 잘 숨기고 있죠?"

-무슨 일이죠?

"검찰에서 냄새를 맡은 것 같아요."

수화기 너머의 목소리는 잠시 숨을 고르는 듯했다. 그리고 입을 열었다.

－요즘에 제왕 화학 때문에 골치가 아프기는 했습니다. 장부는 남은 것 없이 다 소각했으니 걱정하지 마십시오.

전화는 끊어졌다.

백종욱 교수는 차가운 시선으로 창밖을 바라보고 있었다.

그가 시선을 돌려 자신의 집을 바라봤다.

시가 23억의 아파트.

그의 발걸음이 천천히 아들이 있는 방으로 향했다.

이제 초등학교에 입학한 어린 아들이었다.

깊게 잠이 들었는지 아들은 백종욱이 들어온 것도 모르고 편안한 얼굴로 눈을 감고 있었다.

백종욱이 아들을 보며 낮게 입을 열었다.

"평범하게 의사 생활을 해서는 이런 집에 살 수 없어. 내 자식을 좋은 환경에서 교육시키고 싶은 마음은 모두가 같지 않나? 난 그저 내 아이의 미래를 위해 평범하게 일하고 있을 뿐이야."

백종욱의 발걸음이 다시 거실로 향했다.

그의 눈에 다른 아파트의 거실이 들어왔다. 그의 시선이 천천히 다른 아파트의 거실을 지나 위로 올라갔다.

그는 해당 아파트 단지의 최상층 펜트하우스라 불리는 집을 보고 있었다.

그가 다시 입을 열었다.

"죄가 있다면 내 아들에게 더 좋은 환경에서 살지 못하게 하는 것이지."

희우와 민수는 룸살롱에서 나와 유흥가의 거리에 있었다.

희우는 윤수련에게 뭔가를 알아 달라고 부탁했기에 그 전화를 기다리는 중이었다. 그리고 민수는 다리가 아프다며 주저앉아 있었다.

그때 지나가던 사람이 가로수 아래에 앉아 있는 민수의 앞에 동전을 던지고 지나갔다.

민수가 '난 거지가 아니야.'라는 황당한 표정으로 그 사람을 바라보고 있을 때 희우의 핸드폰이 울렸다.

윤수련이었다.

—백종욱 교수의 통화 목록을 알아봤어요. 방선진과 전화를 끊고 바로 전화를 걸었는데요. 일반 전화입니다.

일반 전화라면 추적하기가 더 편하다.

윤수련이 말을 이었다.

—그런데 그곳이 병원 근처에 있는 고깃집입니다.

"고깃집요?"

—네.

희우가 전화를 끊고 민수를 보며 어깨를 으쓱해 보였다.

"고깃집에 연락했다는데요?"

"고기?"

희우가 고개를 끄덕였다.

민수가 머리를 북북 긁었다.

"아, 백종욱도 아닌가? 브로커가 고깃집에서 삼겹살 굽겠어?"

잠시 생각하던 희우가 고개를 저었다.

"가능할 수는 있겠네요."

"······!"

"브로커가 해야 하는 첫 번째 일은 일단 의사들과 친해져
야 하는 것이니까요."

배가 포만감에 가득 차고 술에 취기가 오른다면 친해지기
는 더 쉽다.

게다가 병원 바로 앞.

낮은 직급의 의사들은 혹시나 높은 직급의 의사가 올지도
모른다는 생각에 피하는 곳이었다.

즉, 높은 직급의 의사를 만나기 쉬운 곳. 그리고 사장과
손님이라는 편한 사이로 만날 수 있는 곳이었다.

민수와 희우는 다시 병원을 향해 이동했다.

새벽 1시.

아직 고깃집의 불은 훤히 밝았다.

늦은 시간이었지만 꽤 많은 사람들이 고기를 구워 먹으며
인생을 이야기하고 있었다.

밖에서 안을 바라보며 희우가 말했다.

"명단을 어디에 감춰 뒀을까요?"

브로커는 자신의 흔적을 지우지 않는다. 자신이 발각되었을 경우 물귀신 작전을 써서 함께 들어가기 위해서였다. 그래야 상대는 브로커를 꺼내기 위해 모든 힘을 다할 테니까.

그리고 브로커는 자신의 눈 밖에서 멀리 떨어진 곳에 흔적을 숨기지 않는다.

항상 불안한 마음에 근처에 놓고 지켜보고 있다.

희우의 눈이 건물 전체를 살폈다.

고깃집 사장의 집은 가게의 2층.

자신의 건물 1층에는 가게를, 2층에서는 가정집을 차려 놓고 있었다.

명단이 있다면 이곳에 있을 확률이 가장 높다.

희우가 민수에게 말했다.

"제가 모자를 벗고 들어갈게요. 제가 정형학 선생의 변호를 맡고 있다는 것도 알려져 있잖아요. 제가 들어가면 경계할 겁니다."

민수가 고개를 끄덕였다.

"경계하는 틈을 타서 난동을 한번 부려 보자, 이거지?"

"그래야겠지요."

희우는 민수와 어떻게 움직일지에 대해 이야기한 후 천천히 고깃집으로 들어섰다.

희우가 유리문을 열고 안으로 들어가자 주인으로 보이는 남자의 눈이 심하게 떨려 왔다.

희우를 보는 그 눈빛에 텔레비전에 나오는 사람을 봐서 신기하다는 느낌은 없었다. 그저 두려움뿐이었다.

주인은 희우를 향해 '어서 오세요.'라는 말도 하지 않은 채 주방으로 서둘러 들어가 버렸다.

희우를 맞이한 것은 종업원이었다.

"몇 분이서 오셨어요?"

"두 명요. 조금 이따가 한 명 더 올 겁니다."

종업원은 희우의 앞에서 앞장서서 걸어 구석에 있는 상으로 안내했다.

자리에 앉은 희우는 삼겹살을 주문하며 가게 안을 둘러봤다.

가게 안에 별다른 인테리어는 보이지 않았다.

하지만 분명 어딘가에 아무도 모르게 숨겨 놓을 수 있는 곳이 존재할 수밖에 없었다.

그렇게 희우가 안쪽을 확인하고 있을 때, 주인은 주방에서 고개만 빼꼼 내민 채 희우를 노려보고 있었다.

그가 손톱을 잘근 깨물며 입을 꽉 다물었다.

'결국 여기까지 찾아왔구나?'

주인은 그 생각을 마지막으로 주방으로 몸을 숨겼다.

그리고 잠시 후, '우당탕탕!' 하는 요란한 소리와 함께 갑자기 주방에서 민수가 튀어나왔다.

민수가 주방에서 나온 이유!

그것은 희우와 민수는 이미 주인의 행동을 예상하고 있었기 때문이다.

희우가 얼굴을 노출하고 안으로 들어가면 브로커는 자연스레 몸을 숨길 것이다.

그리고 희우라는 이름이 가진 무게감을 이기지 못하고 명단을 다른 곳으로 옮기기 위해 행동할 것이다.

그 틈을 노리기 위해 민수가 가게 뒤로 돌아가 주인의 모습을 지켜보다가 명단을 빼서 가지고 온다.

그것이 그들의 작전이었다.

그런데 주방에서 튀어나온 민수의 표정은 몹시 다급해 보였다. 지저분한 외모를 하고 있는 민수가 헐레벌떡 뛰어나오자 더 그렇게 보였다. 그가 희우를 보며 외쳤다.

"도망가!"

"……!"

희우가 지금 이건 무슨 일일까 생각하기에는 이미 늦었다.

이어서 주방에서 나온 사장의 한 손에는 숯이 가득 들어 있는 화로가, 다른 손에는 큼직한 칼이 들려 있었던 것이다.

순식간에 가게는 아수라장이 되었다.

손님으로 있던 여자들의 비명 소리, 그리고 희우의 상에 반찬을 가져다 두기 위해 쟁반을 들고 있던 알바가 쟁반을 놓쳐 버리며 장내는 시끄럽게 변했다.

그 틈에 민수는 가게를 벗어났고, 사장이 노리는 사람은 자연스레 희우가 되었다.

희우가 자리에서 일어나 사장을 바라봤다. 그리고 말했다.

"이미 명단은 빼앗긴 것 같은데, 여기서 그만하지?"

"……."

"더 난동을 피웠다가는 죄가 무거워져."

"헛소리하지 마! 어디서 죽든 똑같아!"

가끔 범죄자를 잡을 때면 이렇게 극단적인 사람이 있기 마련이다.

하지만 지금 희우를 향해 칼과 화로를 들고 달려오는 사람은 브로커. 일반 폭력범이 아닌 지능범이었다.

지능범들은 대부분 이런 위험한 행동을 하지 않는다.

이 사람은 뭔가에 쫓기고 있는 것처럼 보였다.

희우는 가볍게 숨을 내쉬며 뒤로 조금씩 물러섰다. 그리고 알바가 놓쳐 상에 떨어진 쟁반을 손으로 쥐어 올렸다.

그 순간 브로커가 희우를 향해 달려들었다.

희우는 그를 향해 쟁반을 집어 던졌다.

확!

아직 쟁반에 남아 있던 반찬까지 모두 브로커를 향해 날아갔다.

브로커의 시야가 쟁반과 반찬에 가려져 있을 때 희우는 발을 들어 상대의 복부를 강하게 밀었다.

때린 것이 아니라 밀었을 뿐인데 앞으로 달려들던 브로커는 '컥!' 하는 소리와 함께 바닥으로 넘어지고 말았다.

화로에 담겨 있던 숯이 사방으로 떨어졌으니 이제 남아 있는 것은 손에 든 칼뿐!

하지만 그것 역시 쓸 수 없었다.

콰직!

희우의 발이 칼을 쥐고 있는 상대의 팔목을 강하게 밟아 버린 것이다.

브로커는 칼을 쥐고 있으려고 했지만 그의 손은 부르르 떨며 칼을 놓쳐 버리고 말았다.

희우는 무표정한 시선으로 허리를 굽혀 칼을 쥐었다. 그리고 물끄러미 상대를 바라봤다.

"헉…… 헉…… 헉."

브로커의 입에서 거친 숨소리밖에 들려오지 않았다.

희우가 브로커를 보며 입을 열었다.

"당신이 병역 브로커 맞지?"

브로커는 아무 말도 하지 않았다. 그저 희우만 노려보고 있을 뿐이었다.

희우는 가게 밖에 서 있는 민수를 바라봤다.

"끝났어요."

그제야 민수는 '흘흘흘.' 하고 아무렇지도 않은 척 웃으며 가게 안으로 들어왔다.

어게인
마이라이프
SEASON2

"난 겁먹지 않았어. 안이 답답해서 잠시 나갔던 거야."

민수는 그렇게 말하며 희우의 앞으로 다가왔다. 그리고 브로커를 보며 말했다.

"넌 끝났어."

브로커는 입을 꽉 다물고 거친 숨을 토해 낼 뿐이었다.

잠시 후, 가게 앞으로 검찰 수사관들의 차가 도착했다.

브로커가 수갑을 차고 차로 들어가는 것을 보며 희우가 민수에게 말했다.

"백종욱 교수는요?"

"아…… 거기에도 수사관 보냈어."

"사실 브로커로 잡혀 들어가도 몇 년 살지 않고 나오잖아요."

"그렇지."

"그런데 저렇게 행동하는 것에는 이유가 있어요. 분명 제왕 화학과 관련되어 있을 겁니다. 확인 부탁드릴게요."

이 이후부터는 이제 검사가 아닌 희우가 할 수 있는 일이 아니었다.

민수가 묘하게 웃으며 고개를 끄덕였다.

"믿어."

"네, 믿겠습니다."

민수가 차량에 오르며 떠났고 희우는 그 자리에 남아 있었다.

"이제 나도 마무리를 지어야 할 때지."

희우는 구승혁이 있는 서부 지검으로 차량을 타고 이동했다. 희우가 타고 있던 차는 병원에 세워 놓았는데 하루 종일 주차를 하다 보니 주차료가 어마어마하게 나와 약간의 짜증을 내기도 했다.

잠시 후, 희우는 접견실에 앉아 있었다. 그의 옆에는 정형학이 그리고 앞에는 구승혁이 있었다.

희우가 말했다.

"브로커 잡혔어. 지금 중앙 지검에 민수 선배에게 취조받고 있을 거야."

"……!"

구승혁의 미간이 찌푸려졌다.

자신의 지검에서 해결할 일을 중앙 지검에서 가지고 갔으니 짜증이 날 수밖에 없었다.

희우가 말을 이었다.

"추정하기로 정형외과 교수 백종욱이 중심에 있던 것 같아. 브로커가 백종욱과 만나 공모했고 방사선과 사람을 통해 제왕 화학 대표 아들의 영상을 바꿔치기한다. 정형학 씨는 병역 비리에 관해서는 죄가 없어."

구승혁이 고개를 저었다. 그리고 사건 파일을 테이블에 '탁!' 하고 내려놓으며 한숨을 내쉬었다.

"내가 야밤에 쓸데없는 일을 했구나."

구승혁의 말에 정형학의 입가에 미소가 걸렸다.

그가 자리에서 일어서며 입을 열었다.

"그럼 저 이제 가 봐도 되나요?"

그의 말에 희우가 고개를 저었다.

"아뇨. 아직 가시면 안 됩니다."

"……!"

희우는 가지고 온 가방에서 서류를 꺼내 테이블 위에 올렸다. 그리고 구승혁을 보며 말했다.

"한 의사가 있어. 수술을 해야 하는 젊은 여성 환자가 들어오면 마취를 해 놓고 성추행을 저질렀지. 내가 가지고 온 서류는 해당 병원 간호사들에게 받은 서류야."

정형학의 눈동자가 심하게 떨리기 시작했다.

처음 이 사건을 맡았을 때 민수가 정형학에 대해 병역 비리 외에도 다른 혐의가 있다는 것을 놓치지 않고 알아보았다.

그리고 어제 점심시간을 이용해 정형학의 간호사를 만나 해당 사건에 대한 이야기를 들었다.

간호사는 처음엔 주저했지만 정형학의 행동을 가만히 두면 안 되겠다고 생각했는지 희우에게 모든 이야기를 털어 놓았다.

희우가 구승혁을 보며 말을 이었다.

"정형학 씨는 병역 비리는 저지르지 않았어."

구승혁의 입가에 잔혹한 미소가 걸렸고, 정형학은 고개를 숙였다.

밖에는 찬 바람이 불어오고 있었다.

거리로 나온 희우는 고개를 들어 검은 하늘을 바라봤다.

별도 보이지 않는 어둠이 그의 눈동자로 쏟아져 들어왔다.

며칠 후, 텔레비전에서는 뉴스가 흘러나오고 있었다.

─제왕 화학 주기율 대표 아들의 병역 비리 의혹이 사실인지를 두고
오늘 법원의 첫 판단이 내려졌습니다. 법원은 병역 비리 의혹이 사실이
아니라고 판단했습니다.

화면이 바뀌고 법원 앞에 기자가 섰다.

─병무청 신체검사에서 면제 판정을 받은 제왕 화학 주기율 대표 아
들에 대해 제기된 병역 비리 의혹. 중앙 지검은 브로커 일당을 체포하여
병역 비리에 대한 조사를 강화했습니다. 하지만 법원이 내린 결론은 병
역 비리 의혹은 사실이 아니라는 것이었습니다. MRI 영상을 바꿔치기했
다는 주장에 모두 합리적인 근거가 없는 허위 사실이라고 판단했습니다.
이에 대해 제왕 화학 측은 당연한 결과라고 발표했습니다.

화면에는 제왕 화학의 관계자가 나와 인터뷰를 하고 있었다.

−재벌이라고 하면 무조건 색안경을 끼고 보는 건 좋지 않습니다. 앞으로 제왕 화학에 대한 근거 없는 비방과 음해에 대해서는 무관용의 원칙에 따라 단호하게 처리할 겁니다.

다시 기자가 나와 마이크를 들고 입을 열었다.

−반면 검찰 측은 강하게 반발하며 즉시 항소하겠다고 밝혔습니다.

희우는 리모컨을 들어 텔레비전의 화면을 꺼 버렸다.
그의 시선이 밖을 바라봤다. 밖에는 부슬부슬 비가 내리고 있었다.
한국 사회는 자본이 가진 힘을 더 이상 통제하지 못하고 있었다. 지금 나온 뉴스는 그 사실을 적나라하게 증명해 주는 것이나 다름없었다.
희우가 창밖을 보며 낮은 목소리로 입을 열었다.
"법보다 주먹이 앞선다."
희우의 입에서 한숨이 나왔다.
"주먹보다 권력이 앞선다."
그의 눈이 자신의 손으로 향했다.
"권력보다 돈이 앞선다."

희우는 짜증 난다는 듯 고개를 저었다.

"더러운 세상이네."

희우는 착잡한 눈으로 비가 내리는 하늘을 바라보고 있었다.

지금 이 세상은 어찌 생각하면 스스로가 만들어 낸 것이라 할 수 있었다.

그러니 그의 눈동자가 착잡할 수밖에 없었다.

그 시각.

천호령 회장의 둘째 아들인 천유성 제왕 백화점 사장은 고급 한정식집에 앉아 밥을 먹고 있었다.

그의 앞에는 초선 의원임에도 불구하고 권력을 만들어 가고 있는 진규학 의원이 자리했다.

진규학 의원이 말했다.

"제왕 화학에 걸어 뒀던 브레이크는 이제 풀렸나 봅니다."

천유성이 병역 비리라는 혐의를 제왕 화학에 씌우며 주기율 대표가 마음껏 움직이지 못하도록 만들어 뒀다.

하지만 법원의 1심에서 혐의 없음이 나오며 주기율은 다시 자유롭게 움직일 수 있게 되었다.

천유성이 고개를 끄덕였다.

"그러게요. 안타깝습니다."

안타깝다는 말.

진규학 의원은 지금 천유성이 하는 말이 무엇인지 이해하지 못했다.

천유성은 김희우의 능력을 한번 가늠해 보고 싶었다.

병역 비리 따위는 지나가는 일로 생각도 하지 않는 재벌가에 대해 김희우가 어떻게 움직일지 궁금했던 것.

만약 김희우가 제왕 화학에 타격을 준다면 적이라고 할지라도 손잡을 의사가 분명히 있었다.

하지만 역시나.

정치가와 싸우던 수법으로는 재벌가와 싸우지 못한다.

대상이 다르고, 방법이 다르니까.

이제 천유성은 더 이상 김희우에 대한 생각은 하지 않기로 했다.

천유성이 진규학 의원을 보며 입을 열었다.

"요즘 정치 쪽은 어떻습니까?"

진규학이 고개를 저었다.

"웬만한 의원들은 손에 들어왔는데 오래된 인물들이 문제예요. 놈들은 초선 의원을 보며 정치를 모르는 애송이라고 생각하니까요."

"어차피 머리 숫자 싸움 아닌가요?"

진규학이 고개를 끄덕였다.

"그건 그런데 대통령 임기가 올해 끝나서 그런지 국회에 권력을 내주지 않으려고 애쓰고 있어요. 레임덕이 무서운 거지. 그 말은 제가 상대해야 할 사람 중에 노망난 의원들 말고도 대통령도 있다는 뜻이죠."

그렇게 그들이 이야기하고 있을 때, 미닫이문이 열리고 천유성의 보좌관이 들어왔다.

보좌관이 고개를 꾸벅 숙인 후 입을 열었다.

"말씀 중에 죄송합니다. 지금 속보가 하나 나와서 예의 없이 들어왔습니다."

천유성이 가만히 보좌관을 바라봤다. 어서 이야기하라는 눈빛이었다.

보좌관이 말했다.

"지금 제왕 화학 주기율 대표의 불구속 수사가 결정되었습니다."

"……!"

천유성의 눈동자가 보과관을 향했다.

분명 법원에서 병역 비리에 대해 혐의가 없다고 인정된 사실이 얼마 지나지 않았는데 불구속 수사라니.

이해할 수가 없었다.

보좌관이 말을 이었다.

"브로커에게 병역 비리에 대해 이야기하던 녹음 파일이 발견되었답니다. 그리고 최근 병역 비리 문제가 불거졌을 때, 모든 것을 버리고 떠나지 않으면 죽이겠다는 협박을 했다는 녹음 파일도 발견되었다고 합니다."

그때 보좌관의 핸드폰이 울렸다.

그가 떨리는 눈으로 천유성을 바라봤다.

"기…… 김희우입니다."

천유성이 손을 내밀자 보좌관이 두 손으로 예의를 갖추고 핸드폰을 건넸다.

통화 버튼을 누르는 천유성.

"여보세요?"

-천유성 사장님, 기사는 보셨습니까?

"지금 봤네."

-어떻게 하시겠습니까? 손을 잡으시겠습니까?

"일단 만나서 식사나 같이하지."

천유성 사장은 핸드폰의 통화 종료 버튼을 눌렀다.

보좌관이 다시 밖으로 나가자 진규학이 물었다.

"김희우와 만나고 계십니까?"

천유성이 고개를 끄덕였다.

진규학이 다시 입을 열었다.

"김희우와 만난다는 걸 천지용 본부장님이나 천하민 사장, 아니 회장님께서라도 아시면 곤란하지 않을까요?"

천유성이 술병을 들어 술잔을 채웠다. 그리고 말했다.

"내가 김희우를 손에 쥐었다고 한다면 형이나 동생은 신경을 쓰겠지요. 하지만 아버지가 신경을 쓸 것 같습니까?"

"……!"

"아버지의 의중은 모르겠습니다. 하지만 확실한 것은 아버지는 죽기 전에 우리 중 누구에게도 회장의 자리를 넘겨주지 않으실 거라는 겁니다."

진규학은 고개를 끄덕거렸다. 그것은 그 역시 예상하고 있고 알고 있는 것이었다.

천유성이 술잔을 입으로 넘기며 말했다.

"그러니 어떡하겠습니까? 나도 나이를 먹어 가고 있고 회장의 자리는 하난데, 주지 않으면 내 힘으로 앉아야지요."

천유성의 말에 진규학이 자신도 모르게 침을 꿀꺽 삼켰다. 그리고 떨리는 목소리로 물었다.

"사장님은 저를 믿습니까? 그런 말이 밖으로 흘러나가면 좋지 않을 텐데요."

천유성은 피식 웃었다.

그는 진규학에게 믿는다는 말도, 믿지 않는다는 말도 하지 않았다. 하지만 그의 뱀 같은 눈빛을 보고 있으면 '누군가에게 떠벌릴 수 있다면 해 봐. 지옥을 보여 줄 테니까.'라고 말한다는 것을 알 수 있었다.

그 시각, 희우는 제왕 호텔 대표이사실에서 천하민과 만나고 있었다.

천하민, 천호령 회장의 셋째 아들이자 셋 중에서는 가장 유순한 성품을 가졌다고 알려진 사람이었다.

물론 유순한 성품이라는 게 일반적인 사람을 기준으로 할 수는 없었다. 순한 호랑이가 있다고 해서 고기를 뜯어먹지 않는 것은 아니니까.

천하민이 입을 열었다.

"여기까지 무슨 일이신가?"

희우는 테이블 위에 놓인 차를 들어 마시며 슬쩍 웃었다. 그리고 말했다.

"어차피 싸울 분인데 얼굴 한번 뵈었으면 해서 찾아왔습니다."

천하민이 고개를 저었다.

"제왕 그룹에서는 일개 변호사를 맞상대로 생각하지 않아. 우리와 싸우고 싶으면 천하 그룹에 들어가서 중책을 하는 게 좋지 않나? 듣자 하니 김희우 변호사는 천하 그룹의 사위 아닌가?"

희우가 피식 웃었다.

"재벌끼리의 싸움에서 승패가 나겠습니까? 적당하게 조율하고 협상하고 끝나겠지요."

천하민이 찻잔을 잡으며 말했다.

"하고 싶은 말이 있으면 하게. 재벌에 대한 철학이나 가지고 있는 생각을 말하려고 온 것이 아니잖아?"

그의 말에 희우가 능글맞은 미소를 지어 보였다. 평소 희우가 짓는 미소가 아니었다. 상대에게 접근하기 위한 계산된 미소였다.

"제왕 화학 주기율 대표, 제가 빼 주겠습니다."

천하민의 눈이 싸늘하게 희우를 내려다봤다.

그는 지금 희우가 앞에 나타나 무슨 말을 하는 건지 도저히 이해할 수 없었다.

희우가 그의 눈빛을 담담히 받으며 말했다.

"시간은 조금 걸립니다. 한 2주 정도? 그 정도는 기다려야 할 겁니다."

"빼 준다? 그쪽이 빼 주지 않으면 못 나올 것이라고 생각하는 건가?"

"아니요. 나오겠지요. 돈이 있는데 무엇을 못 하겠습니까? 하지만 주기율 대표를 잡고 있는 사람이 이민수라는 검사입니다. 그 검사는 아주 오랫동안 잡고 늘어질 겁니다."

나오기는 하겠지만 그 시간이 한 달이 될지 두 달이 될지 모른다는 뜻이었다.

희우가 말을 이었다.

"주기율 대표의 아내분이 막내 여동생이라고 들었습니다. 여동생분과 천하민 사장님이 아주 사이가 좋으시다는 말도 들었고요. 여동생분이 마흔이 아직 안 될 걸로 알고 있는데 벌써부터 옥바라지를 하면 얼마나 힘들겠습니까?"

어게인
마이라이프
SEASON2

천하민이 피식 웃었다. 그리고 물었다.

"그래, 자네가 주기율 대표를 빼 준다고 하자. 그럼 자네가 원하는 건 뭐지?"

"저와 손잡으시지요."

천하민의 눈이 찌푸려졌다. 희우는 제왕 그룹을 쓰러뜨리겠다고 선전포고를 한 것이나 다름없었다. 그런데 손을 잡자니?

희우가 말했다.

"전 천하민 사장님을 회장 자리에 올리는 데에 최선을 다하겠습니다. 일선에서 사장님의 개로 움직이며 천지용 본부장과 천유성 사장의 발목을 잡는 데 힘쓰지요."

"왜 그런 일을 하려고 하는 거지?"

희우가 어깨를 으쓱해 보였다.

"아무래도 세 형제가 똘똘 힘을 합치면 힘드니까요."

"솔직하군."

희우가 천하민의 눈을 무섭게 쏘아보며 말했다.

"다만 그것은 천하민 사장님이 제왕 그룹의 회장 자리에 앉을 때까지입니다. 그때가 되면 전 그쪽을 무너뜨리는 데 최선을 다할 겁니다. 절 막을 자신이 있으면 콜 하시고 아니면 마세요."

"콜을 하라? 이미 테이블은 마련되었다는 건가?"

"전 제가 짠 판이 아니면 들어가지 않으니까요."

희우는 판이 마련되었다는 표시로 손가락을 들어 소파 사이에 있는 검은 테이블을 향해 가리키고 있었다.

테이블을 바라보고 있는 천하민은 조금 고민하는 것 같았다.

김희우는 지금은 상당수의 재산을 처분하고 검찰 권력 및 국회에서의 끈도 거의 없기에 별것 아닌 사람으로 치부할 수도 있었다.

하지만 그는 누구도 불가능하다고 여겼던 조태섭이라는 거대한 성을 무너뜨린 사람이다. 그런 사람이 자신의 옆에서 일을 도와준다면 회장 자리에 앉는 게 꿈만은 아니었다.

하지만 문제는 있었다.

회장에 오른 후 희우가 겨누고 있는 창이 자신의 턱밑으로 들어올 경우.

잠시 생각하던 천하민은 고개를 끄덕였다. 충분히 막을 수 있다는 판단이 들었기 때문이다.

김희우가 난다 긴다 해 봤자 검사도 아닌 변호사 신분. 게다가 이제는 국회의원도 아니다.

그리고 천하 그룹에 손을 내밀어 봤자 그쪽에서 도와줄 리도 없다. 김희우가 동생의 남편이라고 해도 천하 그룹은 어디까지나 회사의 이익과 경제를 우선해야 하니까.

천하민이 말했다.

"좋아. 그렇게 하지. 그럼 주기율을 빼내는 대신 내가 김희우 변호사와 손만 잡으면 되나?"

희우가 고개를 저었다.

"가는 게 있으면 오는 게 있어야 하지 않습니까? 천지용 본부장의 비리를 하나 던져 주십시오."

"첫째 형님은 여간해서는 부스러기를 흘리고 다니는 분이
아니야."

"그건 사장님이 알아서 할 일이시고요."

희우는 자리에서 일어났다. 그리고 천하민을 향해 고개를
숙인 후 대표이사실을 빠져나왔다.

엘리베이터를 타고 내려가는 희우의 입가에 비릿한 미소
가 걸렸다.

희우는 얼마 전 둘째 천유성과 손을 잡았다.

그리고 이번엔 셋째 천하민과 손을 잡았다.

물론 두 사람은 희우가 각각 손을 잡고 있다는 것을 모르
고 있다. 그리고 그 사실을 공유하지도 않을 것이다.

지분이 똑같은 그들이니 상대가 모르도록 자신을 감춰야
하는 게 그들의 첫 번째 일이었다.

희우의 눈에 잔인한 기운이 감돌았다.

그들은 서로의 비리를 서로를 통해 희우에게 넘긴다. 그렇
게 되면 그 사실이 작을지라도 희우는 충분한 이용 가치를
얻을 수 있다.

며칠 후.

늦은 시간이었다.

희우는 집에 돌아가지 않고 중앙 지검으로 향했다.

작은 커피숍 앞에 앉아 있을 때, 민수와 윤수련이 나와 그의 앞에 앉았다.

희우가 물었다.

"지검 분위기는 어떤가요?"

민수가 머리를 북북 긁으며 말했다.

"안 좋지. 병역 비리로 건수 좀 올리려고 했는데 캘수록 거물들의 이름이 나올 줄 누가 알았겠냐? 지검장의 힘으로도 어쩔 수 없나 봐. 덮어야 할 것 같아."

처음 병역 비리 브로커를 잡아갔을 때 정필승 지검장은 아주 기뻐했다. 하지만 그 안에 연루된 사람들의 이름이 나열될 때마다 정필승 지검장은 깊은 한숨을 내쉴 수밖에 없었다.

검찰의 수사보다 무서운 정치 보복. 그것은 정필승 지검장으로서도 어떻게 할 수 있는 일이 아니었다.

물론 모든 것을 걸고 싸우려면 할 수 있겠지만 총장을 노리는 그로서는 눈치를 볼 수밖에 없는 상황이었다.

민수가 말했다.

"주기율 대표 폭행, 협박은 어떻게 해 줄까?"

"뭘 어떻게 해요? 혐의 없음으로 끝나야죠."

민수는 착잡한 표정으로 고개를 끄덕였다.

희우가 말했다.

"2주 후 정도에 발표 부탁드릴게요. 어차피 잡아서 감옥에 넣는다 해도 휠체어 타고 나와서 병원에서 생활하다가 특사로 나올 텐데요."

민수가 '흘흘흘.' 하고 웃었다. 보지 않아도 휠체어 타고 아프다고 징징거릴 상황이 그려졌기 때문이다.

가만히 두 사람의 말을 듣고 있던 윤수련이 입을 열었다.

"법이란 게 모두가 지키기로 약속하고 만들어진 거 아닌가요? 그런데 왜 자기 자식을 군대에 보내기 싫다고 빼 주고, 협박하는 사람 잡아 벌주려고 하는 걸 못 하게 하지요?"

희우가 슬쩍 웃었다.

"법 위에 돈이 있다고 믿는 사람들이니까요."

희우가 찻잔을 들어 마시며 말을 이었다.

"하지만 그 생각이 잘못된 거라는 걸 알려 줘야죠. 얼마 안 걸릴 겁니다. 주기율이나 병역 비리에서 빠져나간 놈들이나 법정에 세워야지요."

희우의 말에 윤수련은 고개를 끄덕였고 민수는 묘한 미소를 짓고 있을 뿐이었다.

조금 더 시간이 지났다. 그리고 윤수련이 잠시 자리를 비웠을 때 민수가 입을 열었다.

"그거 알아?"

"뭐요?"

"출소했대."

민수는 희우에게 검은 양복이 출소했다는 사실을 전했다. 그리고 말을 이었다.

"그놈이 많이 위험한 놈이잖아? 아무래도 너에게 원한도 클 테고. 조심하도록 해."

희우가 고개를 끄덕였다.

"그래야겠네요."

검은 양복과 마주했던 것은 세 번.

희우는 그중 검은 양복과 싸웠던 마지막을 떠올렸다.

검은 양복은 팔이 부러져도 상관하지 않았고 빠르게 달리는 차랑 부딪쳐도 움직였다.

그를 지정할 수 있는 단어는 단 하나.

로봇과 같다는 것이었다.

그를 다시 만나면 이길 수 있을까?

상대는 이성적으로 행동하지 않을 것이다.

주먹을 쥐고 싸움을 걸 게 분명했다.

그 싸움은 목숨을 건 싸움.

희우는 자신의 주먹을 내려다봤다.

자신이 없었다.

그는 조태섭을 보낸 후 가벼운 달리기만 했을 뿐, 그 이상의 운동은 하지 않았으니까.

희우가 낮은 목소리로 중얼거렸다.

"다시 운동을 해야겠구나."

민수가 시계를 들여다보더니 자리에서 일어섰다.

"그럼 나 먼저 간다. 윤수련 검사랑 이야기 더 하고 일어서도록 해."

민수는 희우가 윤수련과 일을 진행하는 것과 자신이 있으면 자세한 이야기를 나눌 수 없다는 것을 알고 있었기에 먼저 자리를 피해 줬다.

민수가 먼저 떠난 후, 희우는 윤수련과 단둘이 앉아 있었다.

윤수련이 작은 목소리로 입을 열었다.

"아까 민수 선배가 있을 때는 말씀을 못 드렸는데요."

"……?"

"전 아무래도 민수 선배는 믿기가 어려워서요."

희우가 고개를 끄덕였다.

"아무도 믿지 마세요. 그게 편합니다."

윤수련이 커피를 들어 마신 후 말했다.

"얼마 전에 민수 선배와 복도에서 잠시 이야기를 나눈 적이 있는데요. 김희우 변호사님께 이 말을 전해 달라고 했어요."

"어떤 말요?"

윤수련은 희우에게 민수와 있었던 일을 이야기했다.

그녀가 더블유 파이낸싱의 사건에 대해 정필승에게 보고하고 나올 때였다. 민수가 윤수련에게 말했었다.

─세상에는 더러운 검사만 있는 게 아니야. 더러운 놈이

부각될 뿐, 멋있는 검사도 많지. 넌 더럽지 않았으면 좋겠다.

그런 민수에게 윤수련이 물었다.

- 선배는 어떤 검사인가요?
- 난 재밌는 검사. 이 이야기를 꼭 희우에게 전해 줘.

민수와의 이야기를 들은 희우는 머리를 긁적였다.
그리고 피식 웃었다.
어쩌면 민수와도 싸워야 할지 모른다는 생각이 불현듯 들었다.
희우가 윤수련에게 말했다.
"만약 민수 선배가 우리와 등을 돌리게 될 때가 온다면 그 시점은 우리와 상대의 힘이 비등해지거나 우리가 앞설 상황일 겁니다. 비슷한 사람끼리 싸워야 재밌으니까요."
"네?"
"그러니까 그때까지는 그 말에 대해 크게 신경 쓰고 있지 마세요."
그녀는 희우가 한 말을 잘 이해하지 못했다.
그저 커피만 홀짝일 뿐이었다.
조금 더 민수에 대해 생각하던 윤수련은 커피를 테이블에 놓고 주변을 둘러봤다. 누가 주변에서 엿듣고 있는 것은 아닌지 확인하는 것이다.

그리고 아무도 없다는 것을 확인한 그녀가 방금 전보다 더 작은 목소리로 말했다.

"한상제 변호사의 자살 사건 말이에요."

한상제는 제왕 그룹 법무 팀의 변호사였다가 자살한 사람이었다.

희우가 고개를 끄덕이자 윤수련이 말을 이었다.

"자살이 아니라 타살일 가능성이 있대요."

"그건 알고 있지 않았나요? 제왕 그룹 쪽에서 스스로 목숨을 끊을 수밖에 없는 곳으로 몰아세웠겠지요."

윤수련이 고개를 저었다.

"아니요. 그런 의미의 타살이 아니라 정말 타살요."

희우의 눈이 차갑게 변했고 윤수련이 계속 말했다.

"한상제 변호사가 목을 밧줄에 매서 돌아가셨잖아요. 밧줄 흔적은 정확히 목을 매지 않는 한 나올 수 없는 각도였대요. 부검 결과도 그렇게 나왔고요."

윤수련은 손으로 자신의 목을 가리키며 손으로 밧줄의 흔적을 그었다.

희우가 말했다.

"네, 저도 그건 알고 있습니다. 그런데 타살이라니, 그게 무슨 말이죠?"

"대학 동기 중에 지금 국과수에 있는 친구가 있어요. 그런데 얼마 전에 스치듯 들은 말인데 한상제 변호사 신발의 뒤축이 심하게 까여 있었대요. 오래 신어서 까진 게 아니라 빠른 순간에 해진 거죠."

윤수련의 추론에 의하면 누군가가 뒤에서 한상제의 목에 밧줄을 걸었다.

살인의 장소는 담벼락 정도의 높이가 있는 곳. 살해범이 그곳에 숨어 있어야 했다.

살인범은 담벼락 위에 있다가 다가오는 한상제의 목에 밧줄을 걸고 당겼다.

윤수련이 계속 말했다.

"그리고 위에서 당긴 거죠. 한상제 변호사는 밧줄에서 빠져나오려고 몸을 움직이다가 신발의 뒤축이 아스팔트에 모두 갈린 거고요."

Chapter 2

"몇 가지 오류는 보이지만 생각은 한번 해 볼 수 있는 문제군요."

희우의 말에 윤수련이 커피를 들이마신 후 입을 열었다.

"제 추론이 맞는다면 제왕 그룹은 도대체 무엇을 숨기기 위해 그랬을까요? 단순한 탈세 문제는 아닐 거라고 봐요."

희우가 고개를 끄덕였다.

"저도 그렇게 생각합니다."

"그럼 도대체 무슨 일이 있던 것일까요?"

그녀의 질문에 희우는 답을 할 수 없었다. 그의 눈에도 아직 아무것도 보이지 않았으니까.

잠시 후, 윤수련과 헤어진 희우는 한상제가 살던 아파트로 향했다.

윤수련에게 의혹을 들은 후였기에 다시 한 번 현장에 찾아가 확인하기 위해서였다.

멀지 않은 곳이었기에 걸어가는 게 오래 걸리지는 않았다.

희우는 아파트 단지로 들어가 한상제가 살던 건물 맞은편에 있는 벤치에 앉았다.

고개를 들어 본 아파트 건물.

희우의 시선은 천천히 올라가 한상제의 집에서 멈춰 섰다.

한상제의 가족은 떠났지만 팔거나 세를 주지 않아 빈집인 채로 남아 있었다.

잠시 건물을 바라보던 희우는 생각에 빠져들어 갔다. 윤수련의 추론을 바탕으로 하나의 시나리오를 써 내려가는 중이었다.

희우의 시선이 아파트 현관문으로 내려왔다.

윤수련의 말이 옳다면 살해범은 한상제를 어디선가 죽인 후 이곳으로 끌고 왔을 것이었다.

그의 입에서 낮게 한숨이 흘렀다.

당시 아파트 CCTV를 기억하면 한상제는 모자를 눌러쓴 채 홀로 차에서 내려 엘리베이터를 탔다.

누가 함께 올라간 사람도 없었…….

생각하던 희우가 고개를 저었다.

'엘리베이터에 탄 사람이 한상제라고 정의 내릴 수는 없어.'

비슷한 키에 같은 옷을 입었다면 아파트 CCTV로는 확인할 수가 없다.

모자를 쓰고 있었다면 더욱 그렇다.

희우의 눈이 차갑게 변했다. 그의 모든 뇌세포가 당시의 상황을 살펴보는 것을 쉼 없이 반복하기 시작했다.

윤수련의 추론을 바탕으로 시나리오를 써 본다면 한상제는 아파트에 왔을 때 이미 숨진 상황이었다.

범인은 하나가 아닌 둘.

한 명은 한상제의 옷을 입고 그의 차를 끌고 지하 주차장으로 들어와 집으로 올라갔다. 그리고 집 안에 다른 가족이 있는지 확인한 후 공범에게 연락을 취했을 것이다.

공범은 연락을 받고 아파트로 들어온다.

아마 그 시간은 20분 정도가 지난 후.

검찰이 CCTV를 돌려 봐도 그 후까지는 확인하지 않을 거라는 확신을 가진 행동일 것이다.

공범은 커다란 가방 또는 무엇인가에 숨진 한상제를 숨긴 채 엘리베이터에 탔다.

공범이 내린 곳은 한상제의 집 바로 위, 또는 아래층.

같은 층에 내리지 않았기에 일단 의심받을 확률을 줄였을 것.

그렇게 집으로 들어와 스스로 목숨을 끊은 것으로 위장했을 것이다.

생각을 이어 가던 희우의 입에 깊은 한숨이 흘렀다.

당시 CCTV를 보면 조금 더 확실한 시나리오를 쓸 수 있겠지만 이미 시간이 많이 지난 후였다.

CCTV의 기록은 이미 지워졌다.

희우는 의자에서 일어섰다. 그리고 뚜벅뚜벅 아파트로 걸어갔다.

기록이 없다면 직접 현장을 보며 머릿속으로 그려 볼 수밖에 없다.

엘리베이터를 탄 희우. 잠시 후 '띵!' 하는 소리와 함께 문이 열렸다.

희우가 내린 곳은 한상제의 집보다 한층 높은 층이었다.

그는 비상계단을 걸어 내려가며 주변을 둘러봤다.

카메라는 없고 계단은 많지 않았다.

그가 생각한 시나리오가 충분한 가능성이 있음을 말해 주고 있었다.

문 앞에 도착한 희우는 비밀번호를 눌렀다.

띠리릭 소리와 함께 문이 열리자 그는 집 안으로 한쪽 발을 밀어 넣었다.

집 안에 가구는 있지만 몇 달 동안 사람이 살지 않아 냉기가 느껴졌다.

거실로 들어온 희우는 불을 켜고 집을 둘러봤다.

이미 청소와 정리를 했기에 한상제가 이곳에서 죽었다는 흔적은 없었다.

하지만 희우는 계속해서 당시 상황을 그리고 있었다.

공범이 들어오자 먼저 와 있던 범인은 옷을 벗어 다시 한상제에게 입혔다.

모든 옷가지를 바꿀 필요는 없었다.

CCTV를 속이기 위해서는 윗옷 정도만으로도 충분하니까.

그리고.

희우는 물끄러미 천장을 올려다봤다.

천장에 달린 인테리어 선풍기가 빙글빙글 돌고 있었다.

선풍기를 보던 희우는 눈을 감았다.

차마 저곳에 있던 동기를 떠올리고 싶지는 않았다.

희우의 눈이 현관으로 이동했다.

딸과 함께 어딘가에 다녀온 아내가 문을 열고 들어와 한상제를 발견했다.

딸의 눈을 가린 그녀.

아내는 울지도 못하고 멍하니 있었다.

이미 그곳에 범인은 없었다. 그들은 흔적을 지우고 떠난 후였다.

여기까지 생각을 마친 희우는 먼지가 쌓인 소파에 앉았다.

시나리오를 써 봤으니 이제 검찰의 자료를 떠올릴 차례였다. 한쪽으로 치우치지 않고 냉정하게 현장을 바라보기 위함이었다.

희우는 이제 윤수련의 추론이 아닌 한상제가 스스로 목숨을 끊었다는 것에 무게를 두고 생각을 이어 가기 시작했다.

　검찰은 한상제가 스스로 목숨을 끊었다고 결과 발표를 했다.

　생각보다 조금 이른 발표.

　아니, 모든 정황이 그쪽으로 몰아가고 있으니 추가 수사를 할 필요가 없을 수도 있었다.

　가만히 기억을 더듬던 희우는 핸드폰을 들었다. 그의 전화가 향하는 곳은 윤수련이었다.

　막 집에 도착해 씻고 있던 윤수련이 전화를 받았다.

　-네, 변호사님.

　"한상제 변호사 자살 당시의 자료들을 모두 구해 주세요. 물론 정식으로 구하면 안 됩니다."

　-정식으로 구하지 말라고요?

　"네, 시간이 걸리더라도 아무도 모르게 준비해 주세요."

　잠시 생각하던 윤수련이 입을 열었다.

　-네, 알겠습니다. 그렇게 하죠.

　희우는 전화를 끊으며 자리에서 일어섰다.

　현관으로 나가던 그가 다시 고개를 돌려 거실을 바라봤다.

　거실의 천장에는 빙글빙글 선풍기가 돌아가고 있었다.

　차가운 눈으로 선풍기를 바라보던 희우는 낮은 한숨과 함께 집의 전원을 내렸다.

　아스팔트에 질질 끌린 운동화의 흔적. 그리고 그것을 발표하지 않았던 수사 결과.

희우의 눈앞에는 아무것도 보이지 않는 혼돈만이 서 있는 것 같았다.

며칠이 지났다.

끝이 보이지 않는 푸른 하늘 아래로 하얀 구름이 떨어질 듯 채웠다.

날씨는 완연한 가을로 접어들고 있었다.

그 시각, 희우는 어느 교도소의 면회실에 앉았다.

희우의 앞에는 한지현이라는 이름의 여자가 있었다.

그녀는 조태섭 의원의 비서로 있으며 희우를 도왔었다. 그리고 지금은 당시의 죄를 씻기 위해 옥살이를 하고 있었다.

희우가 한지현을 보며 빙긋이 웃었다.

"건강은 어떠세요?"

한지현 역시 밝은 미소로 고개를 끄덕였다.

"좋아요. 이제 1년 남았어요. 앞으로 제 인생을 살 수 있다고 생각하니 너무 즐겁습니다."

"하고 싶은 일이라도 있나요?"

"조용한 곳에서 작은 커피숍을 하고 싶어요. 욕심 부리지 않고 장사하면서 어려운 사람들에게 봉사하고 싶습니다."

그녀의 말에 희우는 조용히 미소 지었다.

한평생을 조태섭에게 시달렸던 그녀다. 이제부터라도 자신의 삶을 살 수 있다는 것이 정말 행복해 보였다.

희우가 고개를 끄덕이며 말했다.

"커피숍이라……. 제가 부동산 했던 거 아시죠? 목 좋은 곳으로 한번 찾아 드릴게요."

희우가 자리를 알아봐 준다는 소리에 한지현이 손을 내저었다.

"너무 좋은 위치면 안 돼요. 욕심 부리지 않을 거라니까요."

"그럼 망하지 않고 유지만 할 수 있을 정도로 알아봐 드릴까요?"

희우의 말에 한지현이 장난스러운 표정으로 입을 열었다.

"그래도 봉사하려면 조금은 벌어야겠죠?"

가벼운 대화가 이어졌다.

주로 1년 후에 있을 그녀의 희망찬 새 삶에 대한 주제였다.

그러나 곧 희우의 말로 인해 분위기는 다시 무거워졌다.

희우가 말했다.

"검은 양복이 출소했습니다."

한지현의 눈빛이 떨려 왔다.

그녀가 조심스레 입을 열었다.

"……그 사람은 8년인가 9년인가를 받지 않았나요?"

희우가 고개를 끄덕였다.

"확실한 사실은 아니지만 제왕 그룹이 힘을 쓴 것 같습니다."

"제왕 그룹이요?"

한지현은 도저히 이해할 수 없다는 듯 눈을 깜빡거렸다.

그녀가 알고 있는 제왕 그룹은 정경유착에 관심을 보이지 않고 조태섭 아래에 바짝 엎드려 머리를 조아리던 곳이었다. 그러니 그런 그룹에서 왜 갑자기 검은 양복을 손에 넣으려고 하는지 이해하기 어렵다는 표정이었다.

그녀가 말을 이었다.

"천호령 회장……. 조태섭 의원이 있을 때, 몇 번 만나 본 적이 있습니다만 권력이나 부에 대한 욕심은 보이지 않았어요."

희우가 말했다.

"조선 말, 흥선대원군을 기억하면 특별한 일도 아닙니다. 흥선대원군은 '상갓집 개'라는 치욕적인 소리를 들으면서도 때를 기다렸지요. 천호령 회장 역시 조태섭이라는 바람이 지나가기를 기다리고 있던 것 같습니다."

"변호사님의 말씀이 사실이라면 상당히 무서운 사람이군요."

희우가 어깨를 으쓱해 보였다. 그리고 말했다.

"제왕 그룹에 대해 여쭤 보려고 온 것은 아닙니다. 제가 알고 싶은 것은 검은 양복입니다. 도대체 누구죠?"

검은 양복이 법정에 섰을 때, 그는 주민등록번호도, 이름도 없었다.

사회라는 테두리에서 벗어나 조태섭의 손아귀에서 살아온 인물이었다.

그 외에 더 알아낼 수 있는 것은 없었다.

검은 양복은 입을 다물고 있었고 나머지 인물들 역시 어떤 증언도 하지 않았으니까.

한지현 역시 마찬가지였다.

이전부터 검찰은 물론 희우 역시 검은 양복에 관해 물어봤지만 그녀는 대답하지 않았다.

지금껏 검은 양복에 대해 입을 열지 않았던 한지현.

하지만 검은 양복이 다시 사회로 빠져나갔고 제왕 그룹 천호령 회장의 손에 들어간 지금은 더 이상 입을 다물고 있을 수 없었다.

한지현은 가만히 희우의 눈을 바라봤다.

어떻게 말을 해야 할지 생각하는 모양이었다.

잠시 후, 그녀가 조심스레 입을 열었다.

"제가 알고 있는 것도 단편적입니다."

"단편적이라고 해도 충분합니다."

한지현이 고개를 끄덕인 후 말을 이었다.

"그는 조태섭 의원의 아래에서 키워진 충실한 개입니다. 검은 양복이 있는 조직을 우리는 팀이라고 불렀습니다."

팀이란 조태섭 대신 손에 피를 묻히는 자들을 말했다. 그녀가 계속 말을 이어 갔다.

"확실하지는 않지만 그 남자는 북한 특수부대 장교 출신이라는 소리가 있었습니다. 조선족이라는 이야기도 있었고요."

"대한민국 출신은 아니라는 거군요."

"제가 알고 있는 것은 이게 전부입니다. 이름도 모르고 어떻게 살아왔는지도 모릅니다."

희우가 낮게 한숨을 내쉰 후 다시 물었다.

"별것 아닌 사실 같은데 왜 지금까지 말씀을 안 해 주셨지요?"

"이 정도밖에 모른다고 말을 했을 때, 믿어 줄 수 있는 사람이 몇이나 될까요? 분명 제가 뭔가를 더 속이고 있다고 생각하겠죠. 그래서 입을 닫고 있었습니다. 하지만 그 사람이 다시 출소하게 된 이상 변호사님께 위험이 가해질 것 같아 그나마 알고 있는 이야기라도 한 것뿐이에요."

"알겠습니다. 믿겠습니다."

그녀가 다시 입을 열었다.

"마지막으로 검은 양복은 법보다 주먹이 가깝다고 생각하는 사람입니다. 조심하셔야 해요. 그 남자는 살인을 저지르는 것에 있어서 망설임이 없어요."

희우의 입가에 슬쩍 미소가 걸렸다. 그리고 고개를 끄덕이며 입을 열었다.

"주먹보다 법이 가깝다는 걸 알려 줘야겠네요."

희우의 말에 한지현이 조용히 안타까운 미소를 지었다.

"제가 커피숍을 차리게 되면 맛있는 커피를 내려 드릴게요."

희우가 앞으로 상대해야 할 적이 얼마나 위험한지 그녀는 예상할 수 있었다. 그랬기에 몸조심하라는 뜻으로 건넨 말이었다.

말을 들은 희우가 고개를 끄덕였다.

"약속했습니다. 그리고 저도 가게 자리를 알아봐 준다는 약속을 지키겠습니다."

교도소 밖으로 나온 희우는 하늘을 올려다봤다.

그의 눈동자에는 하늘이 비쳤지만 그의 머리는 이전의 삶을 떠올리고 있었다.

바로 검은 양복에게 죽던 그날이었다.

비가 추적추적 오던 때, 바다를 잇는 다리에서 목 졸려 죽던 그날.

그날이 이제 몇 년 앞으로 다가왔다.

하늘을 바라보던 희우는 잠시 눈을 감았다.

'그날이 지나도 나는 계속해서 살 수 있을까?'

답은 보이지 않았다.

희우의 입가에서 무거운 한숨이 흘러나왔다.

그날 밤, 도시 상어 조진석.

천호령 회장의 아래에서 비서실장이라는 직책으로 활동하고 있는 남자.

그는 정갈하게 음식이 놓인 한정식집에 있었다. 그리고 그의 앞에는 검은 양복이 무릎을 꿇고 앉아 있었다.

"밖에 나온 기분이 어때?"

"좋습니다."

검은 양복은 고개를 숙인 채 단답식으로 답했다.

조진석이 다시 입을 열었다.

"하고 싶은 게 있으면 말하도록 해. 여자든 술이든 원하는 것은 제공하도록 하지. 오랜만에 사회에 나왔으니 충분한 휴식을 취하는 것도 나쁘지 않은 일이니까."

검은 양복은 그의 말에 오랫동안 대답하지 않았다. 그리고 조금의 시간이 더 지났을 때 입을 열었다.

"하고 싶은 일은 하나입니다……. 김희우를 죽이고 싶습니다."

조진석이 술잔을 들어 올리며 고개를 저었다.

"아직은 안 돼. 놈이 죽으면 시끄러워지니까."

"그럼 그 주변부터 처리하도록 하겠습니다."

조진석이 다시 고개를 저었다.

"그것도 안 돼. 지금은 기다리도록 해. 일단 밑에 주먹을 쓸 줄 아는 놈들로 배치해 둘 테니까 인사나 나누고 있어."

검은 양복이 고개를 들었다. 그리고 조진석을 바라봤다.

"저와 계약할 때 약속이 무엇인지 잊으셨습니까? 저는 김희우를 처단할 기회를 얻는 것으로 사장님과 계약했습니다."

조진석은 술을 목으로 넘겨 마신 후 다시 술병을 들었다.

그리고 자신의 잔에 술을 쪼르르 따르며 말했다.

"사자는 사냥할 때 완벽한 기회가 만들어질 때까지 풀숲에 숨어 있는 걸 모르나? 내가 자네에게 가장 완벽한 기회를 만들어 주지. 그러니 그때까지는 가만히 기다리도록 해."

"……."

검은 양복은 다시 고개를 숙였고 조진석은 그런 그를 보며 빙긋이 미소 지었다.

며칠이 지났다.

서울 서초구 법원 앞.

그곳에는 많은 변호사 사무실들이 즐비했다. 그리고 희우 역시 그 변호사 사무실 중 하나인 법무 법인 KMS의 자신의 사무실에 앉아 있었다.

정형학 의사의 일을 마무리되며 미뤄 왔던 각종 서류의 사인을 하는 중이었다.

강민석 변호사가 희우에게 많은 일을 주지는 않았지만 변호사라는 직업이 가지고 있는 기본 업무량 자체가 만만치 않았기에 쉴 새 없이 서류를 읽고 또 읽었다.

그때 희우의 핸드폰이 '우우웅' 하고 울려 왔다.

번호를 확인하니 연석이었다.

평소 급한 일이 아니면 전화하지 않는 연석.

희우는 통화 버튼을 눌렀다.

"여보세요?"

─잠깐 뵐 수 있을까요? 언제 퇴근하시나요?

연석의 목소리가 무거웠다.

희우는 손목의 시계를 들어 보며 고개를 끄덕였다.

"퇴근까지 두 시간쯤 걸릴 것 같은데?"

─제가 그럼 변호사님 사무실로 가겠습니다.

희우는 연석과 전화를 끊었다. 그리고 다시 시계를 확인했다. 앞에 놓인 서류들을 두 시간 안에 끝낸다는 것은 쉬운 일이 아니었지만 약속했으니 어쩔 수 없었다.

그리고 두 시간 후, 희우는 자리에서 일어섰다.

변호사 사무실 밖으로 나온 희우는 근처의 커피숍으로 천천히 걸어갔다.

커피숍에는 연석이 먼저 와서 기다리고 있었다.

울적한 표정의 연석을 보며 희우가 물었다.

"무슨 일이야?"

연석의 입에서 긴 한숨이 흘러나왔다.

그가 천천히 입을 열었다.

"여쭤 볼 게 있습니다. 그때 성범죄를 저질렀던 고등학생요."

"……."

"변호사님은 죄를 저지르는 누구나 이유가 있으니 이유를 보지 말고 죄를 보라고 하셨어요. 그런데 그때 그 고등학생들은 왜 놓아주셨나요?"

희우는 가만히 연석의 눈을 바라봤다. 그의 눈은 평소와 달리 많은 생각들로 가득했다.

희우가 입을 열었다.

"나는 오랫동안 많은 사람들을 만나 왔어. 깡패, 살인자, 강간범, 사기꾼. 그리고 돈을 탐하며 권력에 욕심을 내는 사람."

"……."

"주제에 맞는 말인지 모르겠지만 사람 보는 눈은 있다고 생각해. 물론 이것은 주관적인 생각이고 확실히 맞는 말은 아니야. 때로는 나도 잘하고 있는지 모르겠으니까."

"……."

연석의 아리송한 눈을 보며 희우가 고개를 저었다. 생각해 보면 연석이를 앞에 두고 복잡하게 이야기할 필요가 없었다.

희우가 다시 입을 열었다.

"쉽게 말하면 그 애들은 법정에 가도 별 탈 없이 풀려났을 거야. 미성년자고 범행에 가담했다는 증거가 없으니까. 여자애 같은 경우는 말할 것도 없지. 매춘 처벌 규정에 따르면 18세 미만의 소녀에게 돈을 주고 성관계를 맺었을 시 남성을 처벌하는 법은 있지만 소녀를 처벌하는 규정은 없으니까."

연석은 가만히 희우의 말을 듣고 있었다.

희우는 커피를 들이마신 후 계속 말했다.

"하지만 그렇게 된다면 법정에 섰다는 이유로 사람들의 따가운 시선을 받을 수는 있지. 어린 나이에 세상에서 낙오되었다는 생각이 들면 더 심한 범죄를 저지를 수도 있잖아. 하지만 그냥 보내 준다고 하면 갱생의 여지가 있을 수도 있다고 생각했어. 그뿐이야."

희우의 말을 들은 연석이 다시 깊은 한숨을 내쉬었다.

"그 애가 죽었습니다."

"……!"

"그 애의 이름이 지선이었습니다. 제가 그 애를 데려다주던 밤에 이야기했어요. 나도 나쁜 짓을 많이 하고 살았지만, 변호사님을 만나서 새로운 삶을 살게 되었다고요."

말하고 있는 연석의 표정은 몹시도 어두워지고 있었다.

그가 계속 말했다.

"제 이야기를 들어서 그런지 변호사님을 만나서 그런지 그 아이는 착실하게 살기 시작했어요. 엄마 병원비를 번다며 아르바이트를 하기도 하고 공부도 열심히 했어요. 그런데 왜 죽었을까요?"

희우의 눈이 차가워졌다.

연석은 계속 말을 이었다.

그 이후로 학생에게서 몇 번 연락이 와 만났다고 했다.

남녀 간에 생기는 그런 감정은 아니었다. 단지 바뀌어 가는 학생을 보며 연석은 스스로 누군가를 도운 것 같은 마음에 행복함을 느꼈다.

그리고 오늘 낮, 연석은 지선이에게 한 통의 전화를 받았다.

─아저씨, 나 잘 살아 보려고 했는데요, 그래서 아저씨처럼 대학생도 해 보고 나중에 나 같은 사람을 돕고도 싶었는데요. 그게 잘 안 되네요.

연석은 지선이의 전화를 받고 어떤 섬뜩한 느낌을 받았다.

그리고 무작정 달렸다.

하지만 찾아낸 것은 아이가 살던 집 근처 아파트에서 싸늘하게 식어 있는 주검뿐이었다.

"아파트 사람들은 욕을 했어요. 왜 이 아파트에 살지도 않은 아이가 여기 와서 죽었냐고요."

말을 하던 연석은 괴로운지 손을 부르르 떨었다.

그의 손을 보던 희우가 자리에서 일어나 연석에게 말했다.

"가 보자."

"네?"

"장례식장."

희우는 연석과 함께 근처 병원에 있는 장례식장에 도착했다.

빈소에는 아무도 없었다.

연석이 비어 있는 빈소를 보며 희우에게 말했다.

"학교 친구들하고 선생님만 왔다 갔어요."

장례식은 연석이 상만의 도움을 받아 치르고 있었다.

아무도 없는 빈소에 희우가 들어섰다.

가만히 사진 속에 웃고 있는 지선을 보던 희우가 몸을 돌려 테이블에 앉았다.

희우는 장례식장의 예의를 차리지 않았다. 그저 가만히 바라봤을 뿐이다.

하지만 그렇다고 해서 연석이 희우에게 뭐라고 말하지는 않았다.

희우는 테이블 맞은편에 앉아 있는 연석을 가만히 바라봤다.

연석의 행동은 누가 본다면 오지랖이라고 말하기도 어려운 일이었다.

가족이 아닌 남. 연인 관계도 아니었다. 그런데 이곳에 와서 상주 노릇을 하고 있으니 이상한 일이었다.

하지만 희우는 연석에게 그런 말을 하지 않았다.

연석은 지선이라는 아이를 통해 자신의 과거를 투영하고 있으니까.

잠시 연석을 바라보던 희우가 말했다.

"학생 엄마가 병원에 있다고?"

"네, 의료보험이 되지 않는 특이한 암 같았어요."

"돈이 많이 들겠네."

"네."

"엄마는 저 아이가 죽은 걸 알고 있어?"

연석이 고개를 저었다.

"아뇨, 전하지 못했어요."

희우가 한숨을 내쉬었다. 그리고 말했다.

"걸리는 게 있어."

"네?"

"통화로 말했다며? 잘 살아 보려고 했는데, 잘 안 되었다고."

"……!"

"그게 무슨 의미일까? 학교 친구들도 왔었다고 했지? 특이한 걸 발견한 것은 없었어?"

연석은 이런 상황에서도 침착하게 본질을 알려 하는 희우를 보며 속으로 혀를 내둘렀다.

보통의 사람이었다면 단순 자살로 치부했을 일이다.

하지만 희우는 그 안을 들여다보려고 하고 있었다.

잠시 생각하던 연석이 말했다.

"학교생활에 특이한 일은 없던 것 같아요. 장례식장에 왔던 친구들은 울고 있었어요. 선생님도 마찬가지였고요. 제가 오빠라고 이야기했더니 지선이가 학교에서는 상당히 착실하게 보냈다고 하더라고요."

희우는 연석이의 말을 가만히 들었다.

연석이 계속 말했다.

"제가 학창 시절을 좋지 않게 보냈잖아요. 그래서 불량 학생은 알아볼 수 있어요. 아무리 모범생처럼 행동한다고 해도 특유의 티가 나거든요. 그런데 지선이는 그럴 아이로 보이지 않았어요. 그래서 처음에 그 아이가 그런 자리에 나왔을 때도 이상하게 느껴졌어요."

잠자코 듣고 있는 희우를 보며 연석이 말을 이었다.

"당연히 학교에서 손가락질을 받지도 않았을 거예요."

희우가 물었다.

"엄마 병원비가 얼마야?"

"그건 잘 모르겠어요."

"보험 든 것은?"

"그것도 모르겠는데요. 집에 돈이 없는데 어떻게 보험을 들겠어요?"

희우는 전화기를 들었다. 전화는 민수를 향해 걸어지고 있었다.

"선배, 부탁할 게 하나 있어요. 명단 부를 테니까, 지선이라는 아이인데요, 혹시 생명보험에 가입되어 있는지 확인 좀 부탁드릴게요."

－생명보험? 내가 그런 걸 왜 확인해?

갑자기 희우에게 부탁을 받은 민수는 황당해했다. 희우가 말을 이었다.

"뭔가 꺼림칙한 게 있어요."

－사건이냐?

"거기까지는 모르겠네요."

－알았다. 흘흘흘.

연석이 물었다.

"지선이 보험을 왜 알아보세요?"

희우는 연석의 질문에 답하지 않고 다른 이야기를 했다.

"발인이 모레인가?"

"네?"

"억울한 사연이 있다면 그 전에 해결해 줘야지."

희우는 차가운 눈빛으로 자리에서 일어섰다.

연석도 희우를 따랐다.

장례식장 밖으로 나왔을 때 희우에게 전화가 걸려 왔다.

민수였다.

－지선이라는 애, 2년 전에 보험 가입된 거 있네. 2억짜리야.

"상속자는요?"

－박준영, 아빠인 것 같은데?

희우는 전화를 끊었다. 그리고 연석을 보며 물었다.

"지선이에게 아빠가 있다는 말 들었어?"

"몇 년 전에 이혼했다고 들었어요."

"엄마는 언제부터 아팠지?"

"2년 전요."

희우가 고개를 저으며 낮은 목소리로 말했다.

"더러운 일이 될 수도 있겠어."

연석은 희우의 말에 멍하니 보고 있었다.

잠시 후, 희우는 연석과 택시를 타고 이동하는 중이었다.

연석은 택시에 올라서 희우에게 어떤 말도 하지 않고 창밖만 바라봤다.

지선이가 알지 못하는 생명보험, 보험 수령인이 이혼한 아버지.

생각하던 연석의 입에서 무거운 한숨이 흘렀다.

그런 연석을 가만히 바라보던 희우는 전화를 들어 윤수련에게 걸었다.

통화연결음이 이어지고 그녀가 전화를 받자 희우가 입을 열었다.

"지검장님께 이야기해 주십시오. 지검장님이 좋아하는 국민이 눈을 반짝일 만한 감동적인 시나리오가 만들어질 것 같다고요."

─네? 감동적인 시나리오요?

"보험금을 노린 자살입니다. 우리에게는 더럽지만, 지검장님에게는 감동적일 겁니다."

─……알겠습니다. 제가 뭘 하면 될까요?

희우는 윤수련에게 몇 가지 이야기를 전한 후 전화를 끊었다. 그리고 이어서 상만에게 전화를 걸었다.

─네, 사장님.

"부탁할 게 있어."

─하하, 항상 퇴근할 시간에 전화하는 사장님은 정말 최고의 사장입니다. 이번에는 어떤 일입니까?

"흥신소 한번 돌려 줘. 이번 일은 검찰보다 흥신소의 정보력이 빠를 거야."

─흥신소요?

상만의 툴툴거리는 소리를 들으며 희우는 지선의 아빠인 박준영을 조사해 달라는 말을 전했다.

"어떤 정보라도 상관없어. 두 시간 내에 알아볼 수 있는 것은 모두 알아봐. 빚이 있는지, 집 근처의 하우스를 드나드는지, 약쟁이를 만나는지, 알아볼 수 있는 건 다 알아봐."

─헐, 그런 걸 어떻게 두 시간 내에 알아봐요?

"집 근처로 한정을 짓는다면 가능해. 지역에서 멀리 떨어져 나가지는 않았을 거야."

잠시 후, 희우와 연석이 도착한 곳은 경기도 외곽, 오래된 주택들이 만지면 무너질 것처럼 들어서 있는 재개발 구역이었다.

이곳은 지선의 아빠인 박준영이 사는 곳이기도 했다.

희우는 박준영의 집 앞에 도착해 잠시 눈을 감았다.

사건에 대한 기본적인 생각을 정리하는 중이었다.

정말 한 아이가 스스로 목숨을 끊은 사건일 수도 있다. 하지만 그가 해야 하는 것은 세상의 잘못된 일을 올바르게 잡아가는 것. 그러기 위해서는 최악의 상황을 항상 상상해야 했다.

그리고 그의 나쁜 상상은 점차 사실이 되어 가고 있었다.

우우웅, 진동이 울리고 희우는 핸드폰을 들었다.

상만이었다.

－흥신소와 연결된 대부 업체에 빚이 1억 정도 있대요. 말을 들어 보니 도박에 빠져 있다고 합니다.

"알았다."

희우는 전화를 끊었다. 그리고 다시 눈을 감았다.

그 역시 얼마 있으면 한 아이의 아빠가 될 것이다.

자식이 딸인지 아들인지는 몰랐다.

성별이 나올 시기였지만 일부러 듣지 않았다.

어떤 최고의 선물이 세상에 태어날지 그날 아는 것이 가장 행복하다는 생각 때문이었다.

하지만 유추는 할 수 있었다.

요즘 들어 아내가 분홍색 아기 옷을 사 들고 오곤 하니까.

조만간 한 아이의 아빠가 될 희우의 입에 작게 한숨이 흘러나왔다.

지금 그가 예상하는 것이 맞다면 집 안에 있는 박준영이라는 남자는 자식을 가진 부모가 해서는 안 되는 일을 저질렀을지도 모른다.

생각을 마친 희우는 앞장서서 걸으며 연석에게 말했다.

"인간은 스스로 치밀하다고 계획을 세워. 하지만 자신이 세운 계획에 예상치 못한 벽이 나타나면 어떻게 할 것 같아?"

"네?"

연석은 희우의 말을 이해하지 못했다. 희우가 말을 이었다.

"무리수를 쓰지. 그 무리수는 단순한 돌파밖에 되지 못하고. 단순한 돌파는 두 가지야. 폭력이거나 스스로 목숨을 끊거나."

희우는 지선의 아빠인 박준영에 대해 얘기하고 있었다.

하지만 연석은 스스로 목숨을 끊는다는 말에 지선에 관해 이야기를 하는 걸로 착각했다.

"지선이가 어떤 계획을 세웠나요?"

희우가 고개를 저었다.

"아니, 지금부터 위험한 일이 생길 수도 있어. 아무리 너라 하더라도 목숨 걸고 덤비는 사람은 위험한 법이야. 조심하도록 해."

"알겠습니다."

"어떤 경우에도 절대 나서지 마. 넌 정신적으로 힘든 상태고 머리는 차갑지 않아."

연석은 고개를 끄덕였다.

좁은 계단을 통과해 올라가는 주택의 2층.

희우는 박준영의 집 앞에 도착했다.

화장실 쪽에 불은 훤히 켜져 있었다.

희우는 문가에 귀를 대고 안에서 들려오는 소리를 들었다.

울음소리가 들렸다.

"지선아…… 지선아…… 지선아……."

"……."

"못난 아빠를 용서해라, 지선아."

희우가 슬쩍 연석을 바라봤다. 그리고 조용히 말했다.

"지선이의 죽음을 알린 곳은 학교밖에 없지?"

"네, 학교에서도 지선이의 엄마가 아프다는 걸 알고 저에게 맡긴다고 했어요."

희우의 눈이 날카로워졌다.

이제 그가 했던 최악의 상상은 사실이 되었다.

희우의 생각은 이랬다.

저 아빠라는 사람은 각종 채무로 극한 상황에 몰려 있다.

그래서 상황을 모면하기 위해 엄마의 병원비 같은 것을 이유로 들며 딸을 자살로 내몰았다.

일정 기간이 지나면 스스로 목숨을 끊어도 보험료가 지급된다는 것을 염두에 두고 한 행동일 것이다.

그리고 지금 그는 괴로운 척, 부모인 척 힘들어하고 있었다.

이제 해야 할 것은 저 남자가 딸을 자살로 내몰았다는 증거를 찾는 것이다.

　바로 앞으로 다가가 '당신이 지선이에게 스스로 목숨을 끊으라고 부추겼지?'라고 말을 한다고 해서 '네, 제가 그랬습니다.'라고 할 사람은 없기 때문이다.

　생각을 마친 희우는 문을 두들겼다.

　안에 있던 박준영이 화들짝 놀라 입을 열었다.

　"누…… 누구세요?"

　"변호사입니다. 지선이의 일 때문에 찾아왔습니다."

　희우의 말에 박준영은 긴장된 표정으로 문을 열었다.

　"무슨 일로……?"

　박준영을 보며 희우가 살짝 고개를 숙였다.

　"박지선 학생의 아버지신가요? 김희우라고 합니다. 잠시 들어가서 말씀드려도 될까요?"

　"네? 네, 뭐……."

　남자는 그렇게 말하고도 한참 동안 희우를 바라봤다.

　희우의 얼굴은 이미 알려진 상황. 텔레비전에서만 보던 희우가 집 앞에 찾아왔으니 당황할 수밖에 없었다.

　박준영이 물었다.

　"그런데 변호사님이 어쩐 일로……?"

　"지선이가 학교에서 문제를 일으켰었습니다. 저는 그 문제로 지선이의 변호를 맡게 되었습니다. 그런데 갑작스레 목숨을 끊었으니 여러 가지로 의심되는 상황이 많네요."

어게인
마이라이프
SEASON 2

"의심요?"

도둑이 제 발 저린다고, 박준영의 머릿속에는 '의심되는 상황이 많네요.'라는 말밖에 남아 있지 않았다.

희우는 박준영의 옆을 스쳐 지나며 집 안으로 들어섰다.

주방과 방이 한 공간에 있는 원룸이었다.

소주병이 구석에 모여 있었고 개지 않은 이불이 중앙을 차지하고 있었다.

남자는 이불을 한쪽으로 밀어 두고 희우와 연석에게 앞에 앉으라고 손을 내밀어 안내했다.

자리에 앉은 희우가 입을 열었다.

"따님의 일로 수심이 깊으시겠지만 몇 가지 말씀드리겠습니다. 먼저 지선이의 일기장이 발견되었습니다."

'......!'

물론 거짓이었다. 하지만 남자의 눈은 몹시도 흔들리고 있었다.

희우가 계속 말했다.

"일기장을 아직 보지는 않았습니다. 고인에 대한 예의가 아닌 것 같아서요."

희우는 말을 멈추고 연석을 향해 손을 내밀었다. 일기장을 달라는 표시였다.

물론 연석이 지선이의 일기장을 가지고 있을 리는 없다. 하지만 그는 희우의 의중을 눈치채고 어깨에 멘 가방의 지퍼를 열었다. 그리고 제일 일기장 같아 보이는 노트를 꺼내 희우에게 건넸다.

희우는 남자에게는 겉표지만 보일 정도로 일기장을 들어 올렸다.

그리고 한 장, 한 장 넘겼다.

안의 내용은 연석이 공부하며 필기해 놓은 것이 전부였지만 희우는 정말 일기가 있는 것처럼 페이지를 넘기고 있었다.

그 행동을 보고 있는 박준영의 표정은 점점 굳어져 갔다.

하지만 그는 희우의 손에서 일기장을 뺏을 생각을 하지 않았다. 그저 마음속으로 지선이가 아무 내용도 적어 두지 않았기를 바랄 뿐이었다.

희우의 손이 중간쯤에서 멈췄다. 그는 툭 말을 내뱉었다.

"며칠 전에 따님과 연락하셨나 봅니다."

"……!"

박준영의 눈이 충혈되었다.

극도로 긴장하고 있다는 증거였다.

박준영의 표정을 살핀 희우. 승부수를 띄울 심산이었다.

페이지를 넘기던 것을 멈추고 박준영을 바라봤다가 다시 일기장을 보기를 반복했다.

희우의 얼굴은 마치 보지 말아야 할 것을 봤다는 표정이었다.

박준영의 심장 소리가 두근두근, 크게 울려 왔다.

희우가 일기장을 덮으며 다급하고 긴장된 목소리로 박준

영에게 말했다.

"마음 쓰실 일이 많은데 귀찮게 해서 죄송합니다."

그리고 이어서 연석에게 말을 이었다.

"그만 가자."

"네?"

"가자고."

박준영의 얼굴은 이미 창백해진 상태였다.

희우가 본 일기장에 뭐가 쓰여 있는지 알 수 없었지만 아마도 '진실'이 적혀 있을 거라고 여겼다.

박준영이 주먹을 꽉 쥐고 중얼거렸다.

"× 같은 년."

그가 욕설을 내뱉었지만, 희우는 아랑곳하지 않고 자리에서 일어나 방을 나갈 준비를 하고 있었다.

박준영이 다시 입을 열었다.

"분명 돈을 모두 지 어미한테 줄려고 그랬을 거야. 처음부터 애비는 관심도 없었으니까. 죽어서도 짜증 나게 하네."

희우가 시선을 돌려 남자를 바라봤다. 박준영은 충혈된 눈으로 자리에서 일어서고 있었다. 그가 일어서며 옆에 놓았던 소주병에 엎어져 데구르르 굴러갔다.

연석이 앞으로 나서려고 하자 희우가 팔을 들어 그를 제지했다.

"가만히 있어."

연석은 치아가 부서질 듯 입을 꽉 다문 채 자신을 막고 있
는 희우의 팔을 보다가 한숨만을 내쉬었다. 그리고 한 발자
국 뒤로 물러섰다.

그사이 자리에서 일어선 박준영이 물었다.

"변호사님하고 옆에 청년하고 둘만 왔소?"

"네? 네."

희우가 겁먹은 표정으로 고개를 끄덕였다.

박준영이 히죽거렸다.

"그럼 일기장을 본 사람은 변호사 양반뿐이네."

"정말로 당신이 지선이에게 자살하라고 말한 겁니까?"

"……."

"딸이잖아요. 어떻게 그럴 수 있죠?"

박준영이 고개를 저었다.

"난 죽으라고 하지 않았어. 그냥 네가 죽으면 돈이 나오니
그 돈으로 엄마 병원비를 낼 수 있겠다는 말을 했을 뿐이지.
내가 혼자 떼어먹으려고 그랬을까? 병원비도 조금 주고 나
도 조금 쓰고. 평생 쓰레기로 살아온 딸은 효도해서 좋고."

남자는 그렇게 말하며 주방에서 칼을 꺼내 들었다. 그리고
말을 이었다.

"아, 그리고 자살하라고 말만 하지 않았어. 도와주기는 했
지. 막상 아파트에서 떨어지려고 하니까 겁이 났나 봐."

"그래서 그쪽이 밀었나?"

희우의 목소리가 방금과 달리 전혀 겁을 먹고 있지 않았지만 박준영은 눈치채지 못했다.

이미 박준영의 눈은 제정신이 아니었다.

그는 희우의 질문에 답하지 않고 칼을 보며 입을 열었다.

"소리 질러도 소용없어요. 이 근방은 다 야간 일을 하러 떠나서 사람이 없을 겁니다."

"......!"

박준영은 그 말을 끝으로 칼을 들고 희우를 향해 달려들었다.

칼을 든 손을 머리 위까지 치켜들고 달려오는 상대. 하나 희우에게는 빈틈이 많이 보일 뿐이었다.

희우는 그저 남자의 배를 발로 걷어차 버렸다.

쾅당탕탕탕!

균형을 잃은 남자가 요란하게 굴렀다.

희우는 남자가 넘어지며 놓친 칼을 손에 들었고, 연석은 남자의 팔을 꺾어 반항할 수 없게 만들었다.

"놔! 놔!"

남자가 충혈된 눈으로 소리를 질렀다.

희우가 그의 앞에 앉아 입을 열었다.

"어떻게 자식에게 그럴 수 있지?"

"헛소리하지 마! 놔!"

"당신은 처음부터 두 가지를 실수했어. 하나는 지선이의 죽음을 알고 있다는 것. 우리가 말을 하지 않았는데 어떻게 알고 있지?"

"뭐?"

희우가 연석을 향해 곁눈질하며 박준영에게 말했다.

"저 친구가 지금 지선이의 상주를 보고 있는 사람이야. 부모에게는 알리지 않았다고 했는데 당신은 어떻게 알았지?"

"……!"

"그리고 두 번째 실수."

희우는 일기장으로 속였던 연석의 노트를 들어 박준영의 눈앞에 펼쳤다. 그 안에는 일반적인 필기만 있을 뿐, 어떤 내용도 적혀 있지 않았다.

박준영이 떨리는 목소리로 말했다.

"난 무죄야. 이거 함정수사 맞지?"

희우가 고개를 저었다.

"그건 검사한테 가서 할 말이고, 난 변호사일 뿐이야. 수사한 게 아니라 진실을 알려고 했을 뿐이고."

희우는 핸드폰을 들었다.

전화가 가는 곳은 윤수련이었다. 희우는 윤수련에게 집의 주소를 말한 후 말을 이었다.

"지검장님께 좋은 선물이 되겠네요. 바로 녹음 파일 전송하겠습니다."

전화를 끊은 희우가 박준영을 보며 말했다.

"어떻게 그럴 수 있을까? 넌 사람도 아니고 정말 인간도 아니다. 내가 만난 나쁜 놈들도 지 자식 귀한 줄은 알았다."

"헛소리하지 마!"

박준영은 그 순간까지도 자신의 잘못을 인정하지 않았다.

잠시 후, 윤수련이 수사관들과 함께 집에 들이닥쳤다.

박준영이 연행되는 것을 보던 희우가 윤수련에게 말했다.

"근방에 도박하는 하우스가 있어요. 큰돈은 아니고 소규
모로 하는 것 같은데, 여기 온 김에 가지고 가세요."

윤수련은 희우에게 도박장의 주소가 적힌 쪽지를 받으며
낮게 한숨을 내쉬었다. 그리고 희우에게 말했다.

"저런 사람이 아빠라니 믿을 수가 없군요. 죽은 학생만 불
쌍하네요."

"검사님도 알고 있는 학생이에요."

"네?"

윤수련이 눈을 깜빡였다.

아무리 생각해도 그녀가 알고 있는 학생은 없었다.

잠시 생각한 후 그녀가 떨리는 목소리로 물었다.

"설마…… 그때 그……?"

희우가 고개를 끄덕였다.

윤수련이 고개를 저으며 침울한 목소리로 말했다.

"이럴 줄 알았으면 어떻게든 잡아서 죄를 묻고 조사받게
하는 게 좋았을 텐데요."

경찰의 조사를 받고 있었다면 저 남자는 딸에게 쉽게 죽으

라는 말을 전하지 못했을 것이다. 아무래도 경찰과 닿아 있는 상황에서는 부담스러울 수밖에 없으니까.

한숨을 흘리고 있는 윤수련을 뒤로하고 희우는 문밖으로 나섰다. 이제 그가 할 수 있는 일은 끝났다.

나머지는 검찰이 해야 할 일이었다.

건물 밖으로 나온 희우는 전화를 들어 올렸다.

전화가 향하는 곳은 정필승 지검장이었다.

─아, 김희우 변호사. 윤수련 검사에게 이야기는 들었어. 또 한 건 했다며? 난 당신이 변호사인지 아니면 검사인지 헷갈리기 시작했어. 하하하하.

"이번 시나리오를 감동적으로 마무리할 방법이 있는데 들어 보시겠습니까?"

─마무리가 좋으면 금상첨화지. 이야기해 봐.

"엄마의 병원비를 마련하기 위한 여학생의 이야기 그리고 그것을 부추긴 아빠의 추악함. 여기서 끝을 내면 보는 사람들은 찝찝함만 남게 되지요."

─그럼 어떻게 해야지?

"보험 지급 대상자인 학생의 아빠가 검찰 조사를 받게 되면 돈이 나오는 것이 조금 오래 걸릴 것 같습니다. 그 전에 엄마가 치료받지 못해 목숨을 잃을 수도 있고요."

─그렇지.

"냉혹하고 차가운 검찰의 이미지에서 약자에게는 따뜻한

검찰의 이미지로 바꿀 수 있는 순간이 아닐까요?"

정필승 지검장은 잠시 생각에 빠진 모양이었다. 그리고 그가 물었다.

ㅡ그게 무슨 소리지?

"지검장님이 안타까운 사연을 듣고 병원비를 내준다면 언론은 지검장님을 칭송할 겁니다."

ㅡ마음에 드는군.

희우는 전화를 끊었다.

옆에 있던 연석이 희우에게 물었다.

"지금 무슨 전화 하신 거예요?"

"지선이 엄마 병원비 해결했지."

"병원비요?"

"응, 여기저기서 뒷돈 많이 챙겨 받은 양반이니 병원비쯤은 아무것도 아닐 거야. 공직에 있으면서 나쁜 짓만 하고 살면 뭐해? 착한 일도 가끔 해야지."

연석은 여전히 희우의 말을 잘 이해하지 못한 것 같았다.

희우와 연석은 다시 장례식장으로 걷기 시작했다.

연석이 희우에게 물었다.

"그런데 아까 그 남자는 제 노트를 정말 일기장으로 믿고 있었나 봐요."

"믿었을 거야. 완벽한 계획이 일기장 하나로 어긋나는 것은 아닐까 그 생각만 했을 테니까."

잠시 생각하던 연석이 고개를 갸웃거리며 다시 물었다.

"그런데 왜 칼을 들었을까요? 저라면 일기장을 뺏고 증거를 없애는 쪽으로 행동했을 텐데요."

"벼랑 끝으로 몰리면 최대한 쉽고 편한 길을 찾게 되어 있어. 위험할 줄 알면서도 조직폭력배가 운영하는 사채에 손을 대는 이유가 그거야. 돈을 빌리기 편하니까."

"……."

"지선이의 아빠는 앞에 있는 우리만 없다면 완벽한 증거 인멸이 될 것이라고 생각했을 거야. 우리나라에서 실종자는 매해 엄청나게 늘어나고 있으니 잡히지 않을 거라고 생각했겠지."

희우는 연석을 슬쩍 바라봤다.

쓸데없는 질문을 하며 걷고 있는 연석. 그 이유는 박준영이라는 인간으로 인해 화가 나 있는 자신의 마음을 다스리려고 노력하기 위한 것이었다.

희우가 연석의 어깨를 툭툭 치며 입을 열었다.

"잘 참았다."

그리고 그들은 장례식장에 도착했다.

연석은 한동안 활짝 웃고 있는 지선이의 사진을 심각한 표정으로 바라보고 있었다.

그는 지금 자신이 희우와 함께한 일이 옳았는지 판단하고 있었다.

법적, 사회적으로 본다면 당연히 옳은 일이었다.

하지만 아빠라는 사람이 그런 행동을 했다고 딸이 아빠를 미워할까?

장례식장에 유일하게 들어온 두 사람이 아빠를 감옥에 보낸 사람이라면 지선이가 좋아할까?

가만히 사진을 바라보던 연석은 테이블로 이동해 희우의 앞에 앉았다.

그를 보며 희우가 말했다.

"누구나 이유나 사연은 있어. 우리도 이유와 사연이 있는 거고."

"네."

잠시 두 사람 사이에 적막감이 흘렀다.

연석이 희우에게 말했다.

"소주 한잔 드시겠어요?"

"그러자. 밤을 지새우려면 술이라도 마셔야겠다."

그렇게 새벽 4시가 되었다.

장례식장에 한 여성이 들어왔다.

그녀는 지선이의 영정 앞에 가볍게 목례한 후 희우와 연석을 바라봤다.

그녀는 윤수련 검사였다. 그리고 말없이 희우와 연석의 앞으로 다가와 앉았다.

"피곤하지 않으세요?"

희우의 말에 윤수련이 고개를 끄덕였다.

"괜찮아요."

"사건은요?"

"대부분의 혐의를 인정해 쉽게 흘러가고 있습니다."

지선이는 화장한 후 경기도 외곽의 공동묘지에 묻혔다.

장지에 있는 것은 희우와 윤수련 그리고 연석뿐이었다.

서로 다른 남들. 어린 소녀가 땅에 묻히고 있었지만 그 자리에 눈물은 없었다. 그저 안타까움만 있을 뿐이었다.

희우가 묘지에서 내려올 때, 전화가 걸려 왔다.

민수였다.

"네, 선배."

─야!

민수는 몹시 화가 난 듯 갑자기 크게 소리를 질렀다.

"왜 그러세요?"

─네가 지검장한테 불우 이웃 돕자고 했지? 와…… 지금 강제로 돈 걷어 가고 있어! 몰라? 내가 불우 이웃이야! 쥐꼬리만 한 월급 받고 살고 있다고!

희우는 민수의 말을 가만히 듣고 있다가 입을 열었다.

"선배, 좋은 일도 하셔야죠. 흘흘흘."

─내 웃음소리 따라 하지 마!

전화가 끊겼다.

희우가 연석이를 보며 말했다.

"원하는 놈이 돈을 다 내주지는 않았는데 지선이 엄마 병원비가 해결되었대."

"정말요?"

"응. 그만 가자."

세 사람은 그렇게 공동묘지를 내려갔다.

그 시각, 실시간 검색어에 정필승 지검장의 이름이 빠르게 올라가고 있었다.

그리고 정필승 지검장은 검색어에 올라 있는 자신의 이름을 흐뭇한 표정으로 바라보는 중이었다.

한참을 보던 그가 자리에서 일어섰다.

창가로 걸어간 그는 정면에 보이는 대검찰청에 시선을 집중했다. 그의 손이 천천히 허공으로 올라가 대검찰청을 향해 뻗어졌다.

"손에 닿을 듯이 가까워졌구나."

정필승 지검장의 눈이 싸늘하게 빛났다.

잠시 대검찰청을 바라보던 그는 핸드폰을 들어 심복인 심영복 검사에게 전화를 걸었다.

"올라와."

-알겠습니다.

잠시 후, 똑똑똑 노크 소리와 함께 문이 열리고 심영복 검사가 들어왔다.

정필승 지검장은 여전히 창밖만 바라본 채 몸을 돌리지도 입을 열었다.

"앉아."

심영복 검사는 정필승 지검장의 뒷모습을 보며 고개를 숙인 후 소파에 앉았다.

그가 앉는 소리가 들리자 정필승 지검장이 물었다.

"윤수련이 김희우하고 뭘 하고 다니는지는 알아봤나?"

"죄송합니다. 아직 파악된 게 없습니다."

파악되지 않았다는 말을 들었지만 정필승 지검장의 입가에는 미소가 걸려 있었다.

정필승 지검장이 말을 이었다.

"윤수련이 말고 김희우를 조사해."

"네? 김희우 변호사를요?"

"눈치가 빠른 놈이니 조심해서 움직여야 할 거야."

"기…… 김희우 변호사는 쉽지 않은 상대입니다."

정필승 지검장이 고개를 끄덕였다.

"하지만 떠먹여 주는 밥만 먹는 것은 개나 다름이 없어. 마지막에는 내 힘으로 밥을 먹어야 하지 않겠나?"

"......!"

"김희우가 나에게 주는 마지막 선물은 김희우 본인이 될 거야. 김희우만큼 파급이 큰 선물이 또 어디에 있을까?"

심영복은 낮게 한숨을 내쉬었다.

김희우는 검찰 내에서도 위험한 인물로 소문이 자자했다.

당시 검찰총장이 유력하던 지검장을 끌어내리고 그의 수족을 모두 쳐 냈던 사실은 지금도 회자되고 있을 정도니까.

심영복의 얼굴이 어두워졌을 때, 정필승 지검장이 입을 열었다.

"김희우는 어린 나이에 막대한 부를 거머쥐었고 국회의원까지 하며 권력의 맛을 본 놈이야. 그 자리에 올라갈 때까지 깨끗했을 거라고 보나?"

"......"

"검찰이 해야 할 일이 뭐야? 상대가 권력자라고 해도 죄가 있다면 물어뜯어야 하는 일이 우리야. 김희우를 조사하도록 해."

정필승 지검장이 몸을 돌려 자신의 책상으로 걸어갔다. 그리고 책상 위의 명패를 집어 들며 말했다.

"이 명패의 이름이 몇 년 후에 심영복이 되어 있을 거야. 내가 그렇게 만들어 주지. 그러려면 김희우라는 재물이 필요해."

심영복은 정필승 지검장이 들고 있는 명패를 가만히 바라보며 멍하니 고개를 끄덕였다.

"최선을 다하겠습니다."

"최선이라는 말은 누구나 할 수 있는 말이야. 결과를 가지고 오도록 해."

"결과를 가지고 오겠습니다."

심영복을 보는 정필승 지검장의 눈이 잔인하게 빛났다.

며칠 후, 희우는 집의 소파에 앉아 뉴스를 시청하고 있었다.

텔레비전에서는 제왕 화학의 주기율 대표가 병역 비리 브로커를 상대로 협박했던 일이 혐의 없음으로 결정되었다는 소식이 전해지는 중이었다.

리포터가 화면의 중앙에 나와 마이크를 쥐고 빠른 목소리로 말했다.

−한국을 떠나지 않으면 죽이겠다는 주기율 대표의 목소리가 들어 있던 녹음 파일까지 발견되었지만 검찰 조사 결과 주기율 대표의 목소리가 아닌 것으로 판명되었습니다.

텔레비전을 보던 희우는 리모컨을 들어 전원 버튼을 눌렀다.

인터넷 기사의 댓글을 보면 주기율에 대한 비난이 한목소리로 올라오는 중이었지만 그는 정치가가 아니었다. 도덕적으로 흠집이 있다고 하더라도 크게 개의치 않는 재벌 가문이었다.

희우는 언젠가 주기율에게 죄를 물을 것이라고 다짐하며 핸드폰을 들어 올렸다.

그의 전화가 향하는 곳은 천호령 회장의 셋째 아들 제왕 호텔 사장 천하민 대표였다.

잠시의 통화음이 지나고 천하민 대표가 전화를 받았다.

-아, 김희우 변호사? 연락 기다리고 있었네.

"차 한잔하시겠습니까?"

-좋네.

잠시 후, 희우는 제왕 호텔 대표 이사실에서 천하민 사장과 마주 앉아 있었다.

천하민 사장이 입을 열었다.

"주기율 대표의 일이 덕분에 쉽게 지나갔어."

"제가 약속드렸지 않습니까?"

천하민 사장이 찻잔을 들어 마시며 기분 좋은 표정으로 고개를 끄덕였다. 그리고 입을 열었다.

"그래서 그때 했던 이야기를 되짚어 보면, 나를 회장으로 올리고 싶다고?"

"네."

희우가 고개를 끄덕이며 짧게 답했다. 그리고 천하민 사장의 눈을 바라보며 말을 이었다.

"전 약속을 지켰고 이제 사장님이 약속을 지킬 차례입니다."

희우는 주기율 대표를 빼내 주는 대신 천호령 회장의 첫째 아들 천지용 본부장의 비리를 달라는 말을 했다.

그 이야기를 기억하던 천하민 사장이 조금 무거운 표정으로 고개를 저었다.

"그런데 우리는 깨끗한 경영을 목표로 하고 있어서 크게 비리라고 불릴 만한 것들이 없어. 게다가 첫째 형님 같은 경우는 과자를 먹을 때도 부스러기를 남기지 않는 분이야. 그러니까 그 이야기는 없던 것으로 하지."

희우가 낮게 한숨을 내쉬며 고개를 끄덕였다.

"그럼 한 가지 조언을 얻을 게 있습니다."

"조언?"

희우는 물끄러미 바라보는 천하민의 시선을 담담히 받으며 가방에서 서류를 꺼내 테이블 위에 올렸다. 그리고 말했다.

"이건 어떨까요?"

천하민이 서류를 들어 펼쳐 볼 때 희우가 말을 이었다.

"제왕 건설의 계열사 중에 도영 제강이라고 있습니다."

"……!"

희우는 고개를 끄덕이며 말을 이었다.

"자본금은 23억, 매출액 350억, 사원수가 쉰 명 정도 되는 작은 계열사죠. 수주도 많고 일감도 많은 회사인데 최근 대금을 납부하는 게 늦어지고 있어요."

"……."

어게인
마이라이프
SEASON2

"그쪽 사장이 중간에 자금을 빼돌리고 있는 것은 아닌지 의심이 듭니다."

천하민의 눈이 찌푸려졌다.

건설 쪽은 천하민의 지분이 들어 있는 곳이다.

작은 계열사 하나 사라진다고 천하민이 손해를 볼 일은 없지만 지금은 형제들과 지분이 팽팽하게 당겨져 있는 상황이다.

잠깐의 흔들림으로 세력 다툼에서 밀려날 수도 있으니 조금이라도 위험성이 보이는 것은 피해야 한다고 생각했다.

천하민이 억지로 미소 지으며 말했다.

"협박인가?"

희우가 고개를 저었다.

"제가 뭐라고 사장님께 협박하겠습니까? 단지 도영 제강 대표의 행동에 의심이 들 뿐입니다."

희우는 그렇게 말하며 자신이 가지고 온 자료를 천하민의 앞으로 더욱 깊이 밀어 넣었다.

난처해지고 싶지 않으면 자신을 도우라는 무언의 압력이었다.

천하민이 고개를 끄덕였다.

"졌군."

"아직 지고 이기고 할 것은 없습니다."

"천지용 형님의 아들이 한국 외국어 중학교를 들어갔어."

희우도 알고 있는 이야기였다.

천지용의 첫째 아들이 한국 외국어 중학교에 입학했다는 소식은 뉴스를 통해 대대적으로 알려졌으니까.

천하민이 말을 이었다.

"그쪽을 한번 파 봐. 내가 알기로 입시 비리의 백화점이라고 불리고 있으니까."

천하민은 보지 못했지만 희우의 입가에 잔잔한 미소가 걸렸다.

천하민과 천지용은 형제다.

그렇기에 천하민이 희우에게 첫째 천지용의 비리를 건네줬다는 것은 큰 의미가 될 수 있었다.

재벌 사회에서 입시 비리는 작은 문제일 수도 있지만, 형제간에는 작은 신뢰가 무너질 수도 있다는 신호탄이었다.

희우가 자리에서 일어서며 천하민에게 고개를 숙였다.

"감사합니다."

천하민은 씁쓸한 표정으로 고개를 끄덕였다.

"다음에는 내가 먼저 연락하지."

먼저 연락하겠다는 말. 어찌 되었든 지금 상황은 희우에게 질질 끌려가고 있으니 다음에 만날 때는 천하민이 주도권을 잡겠다는 의미였다.

밖으로 나가려던 희우가 자리에 선 채 고개를 돌려 천하민을 보며 말했다.

"그런데 어차피 손잡은 마당에 서로 가식은 떨지 않았으면

어게인
마이라이프
SEASON2

좋겠습니다."

"……!"

"천지용 본부장 아들의 입시 비리가 터지면 천지용 본부장님이 잠시나마 발걸음을 멈출 수 있고, 그렇게 되면 유리한 것은 사장님 아닙니까?"

천하민이 고개를 저었다.

"그렇게까지 해서 회장에 오르고 싶지는 않아."

희우가 빙긋이 미소 지어 보였다.

"그게 가식입니다."

희우의 말에 천하민의 얼굴이 일그러졌다. 하지만 희우가 바로 문을 빠져나왔기에 두 사람 사이에 더 이상의 대화는 없었다.

건물 밖으로 나온 희우는 상만에게 전화를 걸었다.

"어디야?"

―네, 사장님. 지금 사무실이에요.

"그쪽으로 갈게."

잠시 후, 희우와 상만은 커피숍에서 마주 앉았다.

희우가 물었다.

"자금 정리는 잘되고 있어?"

"네, 일부는 사장님 말씀하신 것처럼 강남권 재개발 쪽에 묻어 두고 있고요. 단타로 강북 재개발 권역에 경매 넣고 있습니다."

희우는 얼마 전 상만에게 제왕 그룹을 사겠다는 말을 했다.

상만은 그 이야기를 듣고 부동산을 정리하며 현금화시키는 중이었다. 하지만 회사에는 직원이 있었기에 모든 돈을 다 운용하지 못하고 일부를 빼내고 있었다.

상만이 말을 이었다.

"한두 달 정도 후면 150억 정도 현금화시킬 수 있을 것 같습니다."

그렇게 일반적인 일 이야기를 마치고 상만이 커피를 들어 마시고 있을 때, 희우는 핸드폰으로 한국 외국어 중학교를 검색해 테이블에 놓았다.

상만이 물끄러미 희우가 넘긴 핸드폰을 바라봤다.

"이게 뭔가요?"

"중학교."

"저도 눈이 있어서 한글은 읽을 수 있어요. 그런데 그냥 중학교가 아니라 외국어 중학교네요. 설마 여기 비리 어쩌고를 찾으라는 건 아니죠?"

"정답이야."

"헐…… 정말요? 중학교 때부터 입시 비리를 저지른다고요?"

희우가 고개를 끄덕였다.

"생각이 우리와 다른 사람들이니까. 어릴 때부터 좋은 학교, 좋은 지역에 살면 잘 클 수 있다고 믿고 있으니까."

상만이 머리를 긁적였다.

"이걸 어떻게 하라는 건가요?"

"입시 담당자를 찾아. 그리고 적당히 협박과 달래기. 그렇게 당시 입학 서류를 뜯어내."

상만이 어색하게 웃었다.

"하하, 이번엔 사장님이 직접 안 나서시네요?"

"입시 담당자라고 하면 나이는 40대 중반쯤 되었겠지? 직급은 부장? 차장? 그 정도를 가진 사람은 굳이 내가 나서지 않더라도 약간의 협박만으로 움직이게 할 수 있어."

"일자리와 가족이 중요하니까요?"

"응."

상만은 고개를 끄덕였다.

"그럼 우선 입시 담당자의 켕기는 부분을 찾아내야겠군요."

"털어서 먼지 안 나는 사람은 없으니까."

"알겠습니다. 그다음은 뭘 할까요?"

"이사장과 교장의 뒤를 캐 봐."

며칠이 지났다.

희우가 변호사 사무실에서 업무를 보고 있을 때, 핸드폰에서 진동이 울렸다.

상만이었다.

─사장님, 확보했습니다. 메일로 보낼까요?

"땡큐."

곧이어 희우는 메일을 확인했다.

프린터 버튼을 누르자 입시 서류가 인쇄되어 나왔다.

꽤 많은 양이었기에 한 참의 시간이 지났다.

인쇄가 모두 끝나자 희우는 두꺼운 종이를 손에 들고 읽기 시작했다.

각 학생의 점수와 생활 기록이 세세하게 나와 있는 자료였다.

희우는 가만히 자료를 들여다보다가 몇 장을 추려 손에 쥐고 사무실을 빠져나갔다.

그가 향하는 곳은 강민석 변호사의 사무실이었다.

안으로 들어간 희우가 고개를 숙이자 강민석 변호사가 자리에서 일어나 그를 맞이했다.

"앉아. 무슨 일이야?"

희우가 슬쩍 웃으며 소파에 앉았다. 그리고 테이블 위에 상만이 보낸 명단을 펼쳐 뒀다.

"한국 외국어 중학교 입시 비리에 대한 문제입니다."

"입시 비리?"

"네."

"그런 것은 검찰이 해야 할 일이잖아."

희우가 고개를 저었다. 그리고 명단 중 세 사람을 꺼내 테이블 위에 올렸다. 탈락자 중에 거의 만점에 가까운 점수를 가진 사람들이었다.

희우가 말했다.

"여기 탈락자 중에 가장 높은 상위권 세 사람입니다."

"그런데?"

탈락자 중에 가장 높은 점수를 가지고 있다고 해서 문제가 될 수는 없었다. 당연하지만 합격자는 탈락자보다 높은 점수를 가지고 있을 게 분명하니까.

희우는 다시 한 장을 들어 테이블 위에 올렸다.

"제왕 그룹 본부장 천지용의 아들 천수영."

"……!"

방금 탈락한 아이들보다 점수가 낮았다.

희우가 말을 이었다.

"이상하지 않나요?"

강민석 변호사가 헛웃음을 지었다.

"제왕 그룹에서 어릴 때부터 좋은 교육을 시키겠다고 비리를 저질렀다는 건가?"

"그렇게밖에 보이지 않습니다."

잠시 서류를 보던 강민석 변호사가 물었다.

"이런 자료는 검찰에 넘겨야 하는 게 아닌가?"

"대그룹이 관련된 일입니다. 검찰은 섣불리 움직이기 꺼림칙할 겁니다."

"우리가 할 수 있는 일이 아니야."

"민사가 있습니다."

"······!"

"보시면 알겠지만 탈락한 학생들은 여유 있는 집안의 아이들이 아닙니다."

희우는 한 서류에 있는 학생의 집 주소를 찾아 핸드폰으로 검색했다. 그리고 포털 사이트에 있는 부동산을 클릭해 해당 아파트의 가격을 검색했다.

"집이 자가인지 월세나 전세인지는 모르지만 천지용 본부장의 집값보다는 쌀 겁니다."

강민석 변호사가 고개를 저으며 물었다.

"그래서?"

"이 학생들은 초등학생부터 입시에 떨어진 아픔을 가지고 있습니다. 어쩌면 자신이 어떻게 떨어졌는지 어렴풋이 알고 있을 수도 있습니다. 하지만 아픔만 있을 뿐입니다. 지렁이도 밟으면 꿈틀한다고 하지만 이 사회에서는 돈이 없으면 밟혀도 죽은 듯 참고 가만히 있어야지요."

"학생들을 찾아가 민사를 걸라고 이야기해 볼 셈인가?"

"네."

"10월이 다 되어 가는 지금?"

"네."

강민석 변호사는 어이없는 미소를 지었다.

학생들은 이미 중학교에 올라가 적응을 끝내고 열심히 학업을 준비해 가고 있을 시간이었다.

그런데 이 학생들을 만나 다시 민사를 걸라니.

희우가 말했다.

"학생들이나 부모들이 원하지 않는다면 하지 않겠습니다."

"그래, 그쪽에서 민사를 걸게 하자고 치자. 입시는 학교의 재량이야. 면접에서 더 좋은 점수를 줬다고 말할 수도 있어. 그런데 이길 자신이 있나?"

희우가 슬쩍 웃었다.

"민사까지 가지도 않을 겁니다."

희우의 눈빛을 본 강민석이 고개를 끄덕이며 말했다.

"그럴 수도 있겠지. 그럼 바뀌는 부분은?"

"아마 천지용 본부장의 아들 천수영이 전학을 가는 것으로 마무리되겠지요."

강민석 변호사가 다시 서류를 들어 학생들의 명단을 살폈다.

"떨어진 학생들은 아무것도 얻지 못하는구나."

합의금으로 돈을 받을 수는 있다. 하지만 학생들이 그 돈을 쓰는 것도 아니니 남는 것이 없는 싸움이었다.

희우가 말했다.

"정의는 승리한다는 것을 배우게 될 겁니다."

"동화 속 이야기네."

희우가 어깨를 으쓱해 보였다.

"정의는 승리한다는 말이 당연하지 않고 동화 속 이야기처럼 느껴지는 게 이상한 사회죠."

Chapter 3

　희우의 말을 들은 강민석 변호사는 탐탁지 않은 표정이었다.

　"동화가 진행될 때 어떤 과정이 있는지 기억하고 있나? 백설 공주는 계모에게 쫓겨나 숲을 헤매고 신데렐라는 청소를 하지. 결과만 보면 아름다울지 몰라도 과정은 추악할 뿐이야."

　"……."

　"소송이 진행된다면 아이들이 알게 될 이야기들. 그것은 어른이 되면 자연스레 알게 될 더러운 뒷이야기야. 그것을 지금 나이에 굳이 알게 해 주는 게 좋은 일이라고 생각하나? 지난 일을 들춰 내는 게 아이들에게 더 큰 상처를 줄 수 있다는 생각을 해 봐야 해."

　희우는 가만히 강민석 변호사의 이야기를 들었다. 강민석 변호사가 계속해서 입을 열었다.

"생각해 봐. 네 말대로 학생들은 자신이 왜 떨어졌는지에 대해 어렴풋이 의심하고 있을 수도 있어. 하지만 반대로 아무것도 모른 채 현재 학교에 잘 적응하고 살고 있을 수도 있지."

"……."

"법이 가지고 있는 중심. 한쪽으로 치우치지 않고 정의가 이길 수 있는 아름다운 동화 같은 이야기. 하지만 그 동화는 누군가에게 상처가 될 수 있다는 것을 염두에 두도록 해. 검사와 변호사는 견해가 달라야 한다."

"알겠습니다."

희우가 고개를 끄덕였다.

강민석 변호사가 희우의 어깨를 토닥이며 지금까지와 다른 무거운 목소리로 입을 열었다.

"그런데 난 이 말을 하고 싶어. 누군가는 좋은 변호사를 두고 법정에서 이기는 변호사라고 말을 하지. 하지만 난 그렇게 생각하지 않아. 좋은 변호사란 외면하지 않는 변호사야."

지금까지 반대 의견을 냈던 강민석 변호사가 갑자기 대화의 방향을 바꾸자 희우는 물끄러미 그를 바라봤다.

강민석 변호사가 천천히 말했다.

"해 봐. 나도 네가 말하는 정의가 있는 세상이 뭔지 보고 싶다. 예전부터 말했잖아, 하고 싶은 대로 해 보라고. 지금 반대 의견을 제시했던 것은 네 생각이 중립적으로 가기를 바라서 한 거야."

한쪽으로 치우치면 올바른 것을 보지 못한다.

강민석 변호사는 희우의 생각에 반대 의견을 내놓으면서
아이들의 처지를 생각하게 하였다.

희우는 자리에서 일어나 강민석 변호사에게 고개를 숙였다.

"감사합니다."

그런 희우를 향해 강민석 변호사는 기분 좋은 미소를 보일
뿐이었다.

퇴근 후, 희우는 집에 돌아왔다.

집에는 만삭이 된 아내가 소파에 앉아 있었다.

"왔어? 밥은?"

"먹고 왔어."

아내는 뭐가 신기한지 자신의 배를 가리키며 말했다.

"이리 와 봐. 애기가 발로 배를 차면 발자국이 보여."

희우는 피식 웃었다.

"거짓말하지 마."

"진짜야."

아내는 다시 자신의 배를 가리켰다.

희우는 고개를 저으며 물을 마시기 위해 정수기로 걸어갔다.

아내가 다시 말했다.

"봐 봐. 진짜라니까."

희우는 알아도 속아 주는 척 컵을 들고 아내를 향해 걸어갔다.

물론 배 속의 아기가 발로 배를 차면 태동이 느껴진다는 것은 알고 있었고 느껴 본 적도 있었다.

하지만 발자국이 보인다니, 말도 안 되는 말이라고 생각했다.

그냥, 희우가 일로 바빠져서 혼자 집에 있게 된 아내가 심심해서 하는 거짓말이라고 생각할 뿐이었다.

그런데…….

"헐…….."

발자국이 보인다는 것까지는 과한 말이었지만 배가 작게 튀어나오는 것은 볼 수 있었다.

희우의 반응에 아내가 웃기 시작했다.

"여보도 '헐.' 같은 말을 써?"

"어? 어. 상만이랑 지내다 보니까 이상한 말이 입에 뱄네. 그건 그렇고 진짜 배가 움직이네?"

"진짜지? 거짓말 아니라니까."

아내는 배를 쓰다듬으며 말을 이었다.

"아가야, 아빠는 엄마가 하는 말이 거짓말인 줄 알았나 봐. 엄마는 거짓말쟁이가 아닌데."

희우는 물끄러미 아내의 배를 바라보고만 있었다.

물을 먹기 위해 컵을 들고 왔지만 마시는 것은 이미 오래
전 잊어버린 상태였다.

아내가 희우를 보며 말했다.

"코엑스에서 육아 박람회를 한다는데 가 볼래? 주말까지
한대."

"가자. 가야지."

"일 바쁘지 않아?"

희우가 고개를 저었다.

"바빠도 그건 가야지. 그리고 주말이라며? 시간 낼게."

"약속."

아내의 작은 손가락과 희우의 손가락이 약속을 했다.

그렇게 조금 시간이 지났다.

아내는 잠을 자러 방에 들어갔고, 희우는 소파에 앉아 있었다.

자신도 모르게 바보같이 웃음이 나왔다.

다음 달이면 산달이다.

아빠가 된다는 것.

솔직한 마음으로 지금 태어나지도 않은 아이를 사랑한다
어쩐다 하는 느낌은 없었다.

하지만 그 책임감은 무겁게 다가오고 있었다.

그 기분이 나쁘지 않았다.

희우는 소파에 등을 깊숙이 파묻었다.

어떤 아빠가 될 것인가?

얼마나 좋은 부모가 될 것인가?

달콤한 생각이었다.

서울 강남의 주택가, 방이 두 개 있는 반지하 방.

문이 삐걱 열리고 이제 퇴근한 민수가 들어왔다.

이곳은 민수의 집이었다.

검사가 반지하 방에서 산다는 게 이상하게 보일지 모르지만, 이곳은 강남이었다.

반지하 전세라고 해도 금액이 어마어마했다.

부모에게 물려받은 것 없이 검사 월급만으로 멋진 집에서 산다는 것은 생각 이상으로 어려운 일이었다.

민수의 손에는 검은 비닐봉지가 들려 있었다.

그는 비척비척 주방과 붙어 있는 방으로 이동했다.

식탁에 앉아 비닐봉지에서 꺼낸 것은 막걸리였다.

작은 냉장고에서 김치를 꺼내 안주로 삼아 막걸리를 먹던 민수는 히죽 웃었다.

그리고 그의 시선이 식탁의 벽면으로 향했다.

소위 칠판 시트지라고 불리는 칠판이 벽면을 가득 채워 커다랗게 붙어 있었다.

그리고 그곳에는 악필로 끄적거려진 글씨가 보였다.

제왕 그룹.

천호령(그룹 회장) : 노망난 늙은이.

첫째 천지용(그룹 본부장) : 능구렁이 같은 놈.

둘째 천유성(제왕 백화점 사장) : 독사 같은 놈.

셋째 천하민(제왕 호텔 사장) : 꽃뱀 같은 놈.

그 외에 제왕 그룹의 계열사와 천호령 회장 딸들의 혼인으로 인한 재계의 혼맥이 어지럽게 그려져 있었다.

게다가 그걸로 끝이 아니었다. 정·재계 각 인물의 비리와 혐의가 지저분하게 적혀 있었다.

민수의 시선이 그 옆으로 향했다.

그 옆에 적혀 있는 것은 '김희우'라는 이름이었다.

김희우 : 검사 하다가 정치하다가 변호사 하는 놈. 손에 얼마나 많은 피를 묻혔는지 잘 모르겠음.

아내 김희아 : 천하 그룹 지분을 포기했다고 하나 확실하지 않음.

김용준 (천하 그룹 회장) : 실력 없이 자리만 보존하려는 놈.

김자혁 (고 김건영 회장의 둘째 아들) : 김희아, 김용준과 사이가 좋지 않음.

박상만 : 김희우의 오른팔. 무식한 놈. 삼겹살을 좋아함.

검은 양복 : 얼마 전에 출소. 제왕 그룹과 손잡은 것 같은데 확실하지 않음.

그 외에도 윤수련 검사나 희우의 친구인 김규리 검사 등의 이름이 빼곡히 보였다.

가만히 칠판에 적힌 글씨를 보던 민수는 자리에서 일어나 칠판 앞에 섰다. 그리고 고개를 갸우뚱하며 희우의 이름을 바라봤다.

"아직은 밸런스가 맞지 않아. 흘흘흘."

김희우의 싸움을 보고 있으면 아직 제왕 그룹이 훨씬 유리해 보였다.

민수가 희우의 이름을 보며 고개를 저었다.

"네가 정계에서 나오지 않았다면 양 팀의 밸런스가 딱 맞아서 재미있는 게임이 될 수 있었을 텐데. 멍청한 놈."

민수는 그렇게 말하며 분필을 손에 쥐었다. 그리고 중얼거렸다.

"밸런스가 맞춰질 때까지는 포커 판의 조커처럼 네 옆에 있어 줄게. 흘흘흘."

민수는 자신의 이름을 희우의 옆에 적어 뒀다.

김희우 : 검사 하다가 정치하다가 변호사 하는 놈. 손에 얼마나 많은 피를 묻혔는지 잘 모르겠음. 사기 캐릭. 이민수(조커).

그리고 손에 든 분필로 희우의 이름에 동그라미를 그렸다.

"내가 볼 때는 너도 똑같아. 친절한 권력은 억압적 권력보다 무서운 법이거든."

말을 마친 민수는 웃기 시작했다.

"조커는 어디에든 갈 수 있지. 재밌는 게임이 시작될 거
야. 흫흫흫."

부스스한 머리, 지저분한 외모. 하지만 그의 눈은 그 누구
도 본 적 없는 빛을 내고 있었다.

"흫흫흫."

다음 날, 희우는 입시에 탈락한 피해자의 집을 찾아가는
중이었다.

그는 주머니에서 학생의 이름과 주소가 적힌 종이를 꺼내
들었다.

이제 조금만 더 가면 해당 학생의 아파트 단지에 도착한다.

경비실을 통과해 안으로 들어간 희우는 차에서 내려 아파
트를 둘러봤다.

오래된 아파트였기에 단지 내의 조경수는 울창했다.

희우는 피해자가 사는 건물 앞 벤치에 앉아 손목을 들어
시계를 확인했다.

오후 3시.

학교가 끝나기까지 조금의 시간이 남아 있었다.

그는 가방에서 서류를 꺼내 다시 피해자의 사진을 보며 신원을 확인했다.

이름은 모범상. 현재 중학교 1학년에 재학 중인 어린 학생이었다.

가족 관계는 형이 한 명 있고 부모님이 두 분 모두 계셨다.

"형의 이름은 모동훈?"

희우는 서류를 다음 장으로 넘겼다.

모범상의 자기소개서가 적혀 있었다. 이미 여러 번을 읽고도 또 읽어 외울 정도였지만 혹시라도 놓친 것이 있을까 다시 읽기 시작했다.

그렇게 시간이 흘러 오후 5시를 지나가고 있었다. 하지만 모범상은 나타나지 않았다. 그리고 5시 20분경, 모범상과 비슷하게 생긴 고등학생이 희우의 앞을 지나쳤다.

희우는 가만히 그 학생을 바라봤다.

고등학생이니 당연히 모범상은 아니다. 그래서 교복에 붙어 있는 명찰을 보니 모범상의 형인 모동훈이었다.

희우는 자리에서 일어나 그를 향해 걸어갔다. 그리고 어깨를 잡고 물었다.

"모동훈 학생?"

"네?"

누군가 갑자기 나타나 어깨를 잡고 이름을 말하니 모동훈은 깜짝 놀라 고개를 돌렸다. 희우의 얼굴을 확인한 그는 동공이 커질 정도로 놀랄 수밖에 없었다.

"기…… 김희우?"

희우가 어깨를 으쓱하며 말했다.

"반갑다."

"네? 네."

희우는 벤치를 손으로 가리키며 말했다.

"모범상이 동생이지? 동생 때문에 그런데 잠깐 이야기 좀 할 수 있을까?"

"버…… 범상이가 왜요?"

잠시 후, 모동훈과 벤치에 앉아 있었다.

모동훈이 희우를 슬쩍 보며 말했다.

"정말 김희우 변호사님이네요. 처음 봤을 때는 긴가민가 했거든요. 그런데 범상이는 무슨 일인가요?"

그가 질문했지만 희우는 대답하지 않았다. 그저 모동훈을 가만히 관찰할 뿐이었다.

모동훈은 웃고 있었지만 그것은 진짜 웃음이 아니었다. 그 저 웃기 위한 미소.

눈을 보고 있으면 모동훈이 몹시 긴장하고 있다는 것을 알 수 있었다.

희우의 눈이 모동훈의 손으로 향했다.

무릎 위에 올려 깍지를 끼고 있는 손은 뭔가 불안한지 쉴 새 없이 꼼지락거리고 있었다.

동생의 일로 변호사가 찾아왔으니 심각할 수밖에 없지만 지금의 반응은 그 이상이었다.

　'뭔가 다른 게 있나?'

　희우는 자신이 가지고 있는 정보를 노출시키지 않은 채 입을 열었다.

　"그냥 동생에 대해서 듣고 싶어서 그런데 말해 줄 수 있어?"

　"무슨 일인데요?"

　"……."

　희우가 아무런 말도 하지 않자 모동훈의 입에서 무거운 한숨이 흘렀다. 그가 말했다.

　"사고 칠 줄 알았어요."

　희우는 여전히 별말을 하지 않은 채 가만히 모동훈을 바라봤다.

　난데없이 변호사가 찾아왔으니 무슨 일이 있다고 여기는 것은 당연했지만 사고 칠 줄 알았다니.

　모동훈이 입을 열었다.

　"동생은 뭐든 열심히 하는 아이였어요. 학원에 다니지는 못했지만, 외국어 중학교 입학시험을 볼 정도로 공부를 잘했으니까요."

　모동훈의 말이 이어졌다.

　초등학교 졸업을 앞뒀던 모범상은 열심히 해도 떨어질 수 있다는 사회의 쓴맛을 일찍이 맛보게 되었다.

여기까지는 좋았다. 자신의 실력이 조금 모자라서 떨어질 수도 있다고 생각했으니까.

하지만 다른 친구들은 모범상을 보며 '재수생!'이라고 놀렸다.

그 나이 또래 아이들이 으레 그렇듯 악의가 있어서 놀리는 것은 아니었다.

단지 시험에 떨어지는 것이 무엇인지 몰라서, 초등학교에 입시를 경험하는 아이가 거의 없었기 때문에 그렇게 놀리는 것이었다.

하지만 모범상의 마음에는 그늘이 지고 있었다.

그런 모범상이 시무룩해 있는 것을 안타깝게 여긴 학교 담임교사가 지나가는 말로 말했다.

모동훈이 교사가 했던 말을 희우에게 전해 줬다.

"어느 날 동생이 와서 이상한 말을 하더라고요. 실력 때문이 아니라 부잣집 아이들이 면접에서 높은 점수를 받아 떨어졌다고요. 학교 담임 선생님에게 들었대요."

"……!"

희우의 눈썹이 꿈틀거렸다.

모동훈의 이야기는 계속되었다.

교사가 한 말은 열세 살의 어린아이에게는 큰 충격으로 다가왔다.

그리고 모범상은 지금까지 방황하고 있다고 했다.

희우는 가만히 한숨을 내쉬었다.

어제 강민석 변호사가 했던 말이 떠올랐다.

─어른이 되면 자연스레 알게 될 더러운 뒷이야기를 지금 나이에 굳이 알게 해 주는 게 좋은 일은 아니라고 생각해.

희우는 강민석 변호사의 말을 기억하며 고개를 끄덕였다.
상대는 이제 2차성징이 시작되어 신체적으로나 심적으로나 혼란의 시기였다.
이런 상황에서 '초등학교 때 너희 담임이 했던 말은 진실이야. 네가 공부를 못해서가 아니라 돈이 없어서 학교에 들어가지 못한 거야.'라는 말을 해 준다면 어떻게 될까?
지금도 방황하고 있다는데 더 큰 방황을 하게끔 하는 것은 아닐까?
법적으로 옳지 못한 일을 밝히는 것과 한 사람의 미래를 위해 감춰 두는 것 중 어느 쪽이 좋은 것인지는 아직 알 수 없었다.
희우가 고개를 돌려 모동훈을 바라봤다.
모동훈이 물었다.
"그런데 동생이 무슨 잘못을 했나요?"
모동훈은 아직까지 동생이 뭔가 잘못을 저질렀다고 생각하고 있었다.
희우가 고개를 저었다.

"잘못한 것은 없어."

"네? 그럼 왜 여기까지……."

"동생이 시험을 봤던 외국어 중학교를 조사하는 중이야. 아직 확실한 것은 없으니 동생이나 부모님에게도 비밀로 부탁한다."

모동훈은 멍한 눈을 깜빡이며 고개를 끄덕였다. 희우는 그런 모동훈을 향해 슬쩍 미소 지어 보일 뿐이었다.

희우는 곧바로 멀지 않은 근처의 초등학교를 향해 걸어갔다.

모범상이 졸업한 초등학교였다. 희우는 모범상의 담임교사가 했던 말을 떠올렸다.

－점수가 나빠서 떨어진 게 아니다.

담임이 아무것도 모르고 있었다면 그런 말을 할 수 없다.

즉, 담임은 누군가에게 그 사실을 들었다는 뜻이다.

초등학교 앞에 도착한 희우는 교문 안으로 들어갔다.

방과 후 초등학교의 운동장에는 아무도 없었다.

희우는 잠시 운동장을 둘러봤다.

어린 시절에는 늦게까지 학교 운동장에 남아 축구 등을 하며 놀고 있는 아이들이 있었는데, 지금은 그런 모습은 보이지 않았다.

아이들은 학원에 가거나 방과 후 활동이라는 이름의 학교

스케줄을 따라가고 있었다.

희우는 교무실로 들어가 문에서 가까운 자리에 앉아 있는 교사에게 물었다.

"이나은 선생님이 어느 분이십니까?"

"이나은 선생님요?"

교사는 고개를 둘러 교무실을 보다가 구석에 있는 한 여성을 가리켰다. 그리고 말했다.

"저 끝에 있는 분이에요."

희우는 고개를 살짝 숙여 감사 인사를 한 후 이나은이라는 교사의 앞으로 다가갔다.

"이나은 선생님?"

"네?"

단발머리를 한 30대 초반의 교사였다.

희우가 살짝 고개를 숙여 인사한 후 명함을 꺼내 책상 위에 두며 입을 열었다.

"김희우라고 합니다."

이나은 교사는 한참 동안 희우를 멍하니 바라봤다.

굳이 명함을 주지 않아도 알고 있는 인물이었기에 그녀는 눈만 깜박거리고 있었다.

희우가 입을 열었다.

"작년에 모범상이라는 학생의 담임이셨죠?"

"범상이요? 네. 담임이었어요."

잠시 후, 희우는 이나은과 함께 교무실 옆의 교사 휴게실에 앉아 있었다.

이나은이 종이컵에 커피를 담아 오며 멋쩍게 입을 열었다.

"학교에 믹스밖에 없어서요. 죄송해요."

"아니요. 감사합니다."

이나은과 희우의 사이에 있는 테이블에 종이컵 두 개가 놓였다.

희우가 말했다.

"모범상 학생이 한국 외국어 중학교 입시를 봤습니다. 그런데 왜 탈락했는지 그 이유를 알고 계시죠?"

"……!"

이나은은 시선을 피했다.

희우는 그녀의 눈동자가 아래로 내려가자 분명 뭔가를 알고 있다는 것을 확신했다.

희우가 말했다.

"저는 학생들이 어른들의 자본에 의해 일찌감치 비리를 맛보는 것이 마음에 들지 않습니다. 들어 보니 모범상 학생은 한국 외국어 중학교에 들어가기 위해 상당한 노력을 했다고 들었습니다. 그런데 실력이나 노력이 부족해서 떨어진 게 아니라면 너무나 슬프지 않나요?"

이나은 교사는 여전히 시선을 피하고 있었다. 그녀를 향해 희우가 말을 이었다.

"저도 웬만한 것은 모두 알고 왔습니다. 하지만 조금 더 확실하게 움직이기 위해 선생님께 의견을 듣기 위해 찾아온 것입니다. 그리고 어떤 말씀을 하신다고 해도 곤란하게 만들 생각은 전혀 없으니 안심하시고 말씀해 주십시오."

이나은은 여전히 아무 말도 하지 않았다. 그러다가 낮게 한숨을 내쉬더니 입을 열었다.

"그 학교에 들어가는 아이들은 보통 부잣집 아이들이잖아요. 하지만 범상이는 집이 넉넉한 형편이 아니에요. 남들이 학원을 두세 개씩 다니지만 범상이는 다니지 않았습니다."

여기까지는 모범상의 형인 모동훈에게 이야기를 들어 알고 있는 내용이었다. 하지만 희우는 처음 듣는 척 계속해서 그녀의 이야기를 집중했다.

그녀가 말했다.

"그래도 누구보다 열심히 했고 성적도 아주 우수했어요. 제게 찾아와서 모르는 것을 물어보고 나중에 성공해서 부모님 호강시켜 준다고 영어 공부도 열심히 했지요."

"……."

"학교 성적은 만점에 가깝습니다. 영어 실력 역시 서울시 말하기 대회에서 상을 탈 정도로 수준급이에요. 절대 떨어질 리 없다고 생각했었습니다. 그래서 제가 이유를 찾아봤습니다."

"……."

이나은의 표정은 몹시 쓸쓸해 보였다.

그녀가 말을 이었다.

"한국 외국어 중학교에 제 대학 동기가 교사로 있어요. 그 학교 교사들 사이에는 소문이 났나 봐요. 실력이 아닌 자금력에 의해 합격의 당락이 결정된다는 것을요. 제가 알고 있는 것은 여기까지입니다."

"교사들 사이에는 소문이 났다고요?"

이나은이 고개를 끄덕였다.

"이번에 제왕 그룹 천호령 회장님의 손주가 입학했다면서요? 소문이 사실이 아닐 수도 있겠지만 그런 집안의 아이가 입학한다면 가십거리는 흘러나오기 마련 아닐까요?"

희우가 커피를 들어 입에 마셨다. 그리고 물었다.

"사소한 이야기도 좋은데 다른 이야기는 없나요?"

"그 학생이 입학하면서 학교의 위상이 올라가 학교도 좋아했지만, 다른 학부모들도 아주 좋아했다고 들었습니다. 아무래도 장차 우리나라 재계 순위에 꼽히는 학생과 동창이 될 수 있을 테니까요."

"슬픈 말이군요."

"제가 알고 있는 것은 여기까지입니다. 우리 학교가 아니고 저 역시 가끔 안부 전화로 들어 알고 있는 것이니까요."

"감사합니다."

희우는 자리에서 일어섰다.

세상에 완벽한 비밀은 없는지 한국 외국어 중학교 내에서는 교사들 사이에 소문으로 돌고 있는 내용인 모양이었다.

학교 건물을 빠져나온 희우의 눈빛은 차가웠다.

이나은 교사에게 들은 이야기를 바탕으로 생각해 보면 한국 외국어 중학교의 교직원들은 해당 사건의 진실에 대한 것을 알고 있었다.

'쉽게 풀리겠는데?'

하지만 사건의 해결보다 우선되는 것이 있었다. 바로 이 사건에 연루된 학생들의 마음이었다.

희우는 운동장 한편에 마련되어 있는 벤치에 앉았다. 그리고 생각에 빠져들었다.

강민석 변호사에게 다른 말을 듣고 나오지 않았다면 학생들의 입장은 생각하지 않고 오로지 사건을 파헤쳐서 해결했을 것이다.

하지만 지금은 말을 들은 후였다. 그리고 피해자의 형을 만나 이야기를 나눈 후였다.

냉혹하게 사건만 파헤치기에는 마음 한편이 찝찝할 수밖에 없었다.

잠시 하늘을 바라보며 생각을 정리하고 있을 때, 방과 후 학교가 끝났다는 알림 소리가 흘러나왔다. 그리고 아이들이 '와!' 하는 소리와 함께 문을 박차고 튀어나왔다.

학생들의 표정을 바라보던 희우는 고개를 저었다. 그리고 머리를 긁적였다.

어게인
마이라이프
SEASON2

밝은 아이들의 표정.

아마 모범상이라는 학생의 표정도 저랬을 거다. 하지만 지금은 '재수생'이라는 말도 안 되는 별명을 가지고 생활하고 있다.

희우가 생각한 것은 하나였다.

명예 회복.

그것만으로도 이번 사건에 연루된 학생들의 마음이 조금이나마 편해질 것으로 생각했다.

희우는 자리에서 일어섰다.

생각이 결정된 이상 머뭇거릴 필요는 없었다.

교문 밖으로 나가는 희우.

그런 희우의 모습을 지켜보는 그림자가 있었다.

희우가 학교를 빠져나와 차가 있는 아파트 단지로 걸어가자 그림자는 핸드폰을 들어 올렸다.

"김희우 변호사가 지금 나오고 있습니다."

-계속 지켜보고 있어.

"알겠습니다."

희우를 지켜보는 감시자이자 그의 전화를 받은 사람은 천호령 회장의 둘째 아들 천유성 제왕 백화점 사장의 비서였다.

그리고 희우는 단지 내에 주차된 차량에 오른 후 천천히 시동을 걸었다.

엔진 음이 들리고 그는 천천히 핸들을 틀었다.

한편 조용히 아파트 단지를 빠져나가던 희우의 시선은 한 남자에게 집중되어 있었다.

바로 천유성이 보낸 감시자였다.

희우의 입꼬리가 살짝 올라갔다.

"이렇게 빨리 움직일 줄은 몰랐는데 제법이네, 천유성 사장."

감시자와 희우의 눈이 마주쳤다.

하지만 감시자는 차량의 짙은 선팅 덕에 희우를 제대로 보지 못했다.

희우의 눈은 천유성의 감시자에게서 멈추지 않고 그 뒤로 향했다.

그곳에는 또 한 명의 남자가 그곳에 서 있었다.

그 남자는 바로 중앙 지검 정필승 지검장이 보낸 감시자였다.

희우의 입가에 잔혹한 미소가 맺혔다.

지켜보고 있는 눈이 많아졌다.

중앙 지검 정필승 지검장, 그리고 둘째 천유성.

희우는 그들이 움직이고 있는 것을 알고 있었다.

천유성 사장의 경우에는 조금 뒤늦게 알아줬으면 하는 마음도 있었지만 큰 상관은 없었다.

어차피 이것도 그들을 무너뜨리는 것에 관한 하나의 계획일 뿐이니까.

지켜보는 눈을 뒤에 두고 그의 차량은 조용히 아파트 단지를 벗어났다.

어게인
마이라이프
SEASON2

잠시 후, 희우가 도착한 곳은 한국 외국어 중학교였다.

해는 뉘엿뉘엿 서산으로 넘어가고 있었지만 야간 자율 학습을 하는 학생들로 인해 학교의 불은 훤히 밝혀져 있었다.

가만히 학교를 바라보던 희우가 고개를 절레절레 저었다.

어린 나이부터 입시를 위해 공부하고 있는 학생들. 훗날 조금 더 좋은 직업을 갖기 위해 노력하고 있는 학생들이 한편으로는 안타깝게 느껴졌기 때문이다.

잠시 학교를 바라보던 그는 핸드폰을 열어 상만에게 전화를 걸었다.

-네, 사장님.

"그때 연락했던 입시 담당자 핸드폰 번호 좀 넣어 줄래?"

-네? 직접 만나시려고요? 그때는 직접 만날 필요 없다고 하시지 않았어요? 이럴 거면 처음부터 직접 만나시는 게 좋지 않았을까요?

상만은 따지듯이 말하며 '직접'이라는 단어를 수없이 이야기했다.

상만의 입장에서는 자신이 노력해서 입학 서류와 같은 하나의 결과를 이뤄 냈는데 희우가 만난다고 하니 뭔가 모자란 게 있지 않은가 하는 생각이 들었기 때문이다.

그의 마음을 읽은 희우가 입을 열었다.

"그 일 때문이 아니라 다른 것 좀 물어보려고 해."

-사장님이 직접 만나면 얼굴이 팔리지 않나요?

아무래도 상만은 자신에게 일을 시켰던 이유가 희우의 얼굴을 숨기기 위한 것이 아닐까 생각하고 있었다.

반은 맞고 반은 틀린 이야기였다.

희우가 입을 열었다.

"괜찮으니까, 전화번호나 보내."

전화를 끊자 잠시 후, 상만에게서 하나의 번호와 이름이 전송되었다.

희우는 번호를 확인 후 바로 전화를 걸었다.

"고지원 씨?"

다짜고짜 이름을 묻자 수화기 속 상대는 잠시 움츠러드는 목소리를 보였다.

희우가 바로 그의 이름을 말한 이유가 이것이었다.

'나는 너를 알고 있다. 하지만 너는 나를 모른다.' 이 사실 하나만으로도 상대보다 우위에 서 있을 수 있다.

지금부터 그와 해야 하는 이야기는 상대를 누를 수 있어야 진행될 수 있는 이야기였다.

상대가 말없이 숨을 멈추고 있자 희우가 입을 열었다.

"변호사입니다. 지난번 입시 일로 잠시 만나 뵙고 싶습니다."

-네? 벼…… 변호사요?

"학교 앞입니다. 퇴근하셨다면 제가 집 앞으로 찾아가겠습니다."

　―하…… 학교라면 제가 지금 나가겠습니다. 저도 학교에
있어요. 잠시만 기다려 주세요.

　아무래도 변호사를 직장에까지 끌어들이고 싶은 사람은
세상에 없을 것이다.

　상대와 전화를 끊은 희우는 잠시 생각에 빠졌다.

　상만에게 들었던 고지원이라는 사람에 대해 다시 한 번 되
새기고 있었다.

　고지원은 교직원이었다. 그는 입시 자료 같은 것을 보관하
는 사람으로, 학교의 비품과 법인 카드를 개인 용도로 사용
한 것을 상만에게 걸려 정보를 제공해 주고 있었다.

　잠시 후, 희우는 학교에서 조금 떨어진 한식집에서 고지원
과 마주 앉았다.

　희우의 얼굴을 확인한 고지원은 잠시 멍하니 바라보기만
했다. 정치인에 변호사로서도 언론에 오르내리고 있는 희우
를 그도 모를 리가 없었다.

　희우의 담담한 눈빛을 마주 보던 고지원은 목이 타는지 물
을 들이마신 후 입을 열었다.

　"그런데 변호사님이 저는 어쩐 일로 찾아오셨나요?"

　"아시잖아요?"

　"……잘 모르겠습니다."

　희우는 고개를 저었다. 그리고 고지원의 눈을 쏘아보듯 정

면으로 바라보며 낮은 목소리로 입을 열었다.

"고지원 씨에게 어떤 죄를 묻고자 온 것은 아닙니다. 단지 입시 당시 어떤 일이 있었는지 듣고 싶어서 왔습니다."

희우의 눈빛에 고지원이 낮게 한숨을 내쉬며 더듬더듬 말했다.

"전…… 잘 모릅니다."

"학교 교직원 사이에 어떤 소문이 났다고 들었습니다. 그 소문이면 충분합니다."

고지원은 가만히 희우를 바라보다가 궁금한 것이 있는지 어렵게 입을 열어 물었다.

"그럼 선생님들을 찾아가면 되는데 왜 저를 찾아오셨나요?"

"아시잖아요?"

"……!"

고지원의 머릿속에 얼마 전 찾아왔던 사내들이 떠올랐다. 그가 학교 내에서 했던 작은 비리를 물고 늘어지며 입시 자료를 원하던 사람들. 설마 그 사람들이 희우와 연관성이 없는지 눈을 데구르르 굴리며 생각했다.

그의 생각을 알았는지 희우가 입을 열었다.

"지금 하시는 생각은 거의 다 맞습니다."

고지원의 입에서 이제는 무거운 한숨이 흘렀다.

그가 말했다.

"소문만이라면 말씀드리겠습니다."

어게인
마이라이프
SEASON2

고지원이 말을 시작했다.

제왕 그룹 천지용 본부장의 비서 같은 사람들이 학교 이사장과 교장, 입학처장을 찾아왔다.

학교에 막대한 투자를 할 테니 천지용 본부장의 아들을 입학시켜 달라는 말이었다.

천지용 본부장 아들의 성적은 합격하기에 조금 모자랐기에 이사장과 학교장 그리고 입학처장은 고민하기 시작했다.

여기까지 들은 희우가 물었다.

"궁금한 게 있습니다. 한국 외국어 중학교의 입학은 학교의 권한만으로 이루어질 수 있는 게 아니지 않나요?"

"네?"

"입시의 객관성을 유지하기 위해 교육청에서 면접관을 보내는 걸로 알고 있는데요."

고지원은 땀이 나는지 손수건으로 이마의 땀을 닦으며 희우의 질문에 답했다.

"이 학교를 다른 곳에서 뭐라고 부르는지는 알고 계시죠?"

귀족 학교라고 부르고 있다.

희우가 고개를 끄덕이자 고지원이 말을 이었다.

"개교 당시 가난한 집 학생들이 몇 번 입학한 적이 있습니다. 하지만 모두 버티지 못하고 학교를 그만뒀지요."

돈이 많은 아이들이 가난한 아이들을 괴롭히고 한 것은 아니었다. 하지만 나타나는 부의 차이를 학생들은 견뎌 내지 못했다고 했다.

고지원이 계속 말했다.

"성적의 차이는 견디지만 부의 차이는 견디기 어려웠나 봅니다. 그래서 그 아이들이 하도 전학을 가자 교육청은 학교의 입시 비리에 대해 암묵적 동의를 하고 있습니다."

"그 말은 이전부터 이런 일이 계속됐다는 뜻인가요?"

"……!"

고지원은 대답 대신 테이블 아래를 바라봤다.

희우의 손가락이 톡톡 테이블을 치기 시작했다.

앞에 고지원이 있지만 그의 생각은 다른 것으로 향했다.

학교라는 곳.

사전적 의미로는 일정한 목적하에 교사가 학생을 대상으로 교육을 실시하는 기관이다.

하지만 학교란 무엇인가에 대해 질문을 던진다면 사람들은 단순한 사전적 의미만을 이야기하지 않는다.

희우는 학교라는 곳을 인생에 한 번 있는 청소년기의 추억을 만들고 훗날 사회에 나왔을 때 바른 사람으로 살아갈 수 있는 바탕을 만들어 주는 곳이라 생각했다.

하지만 한국 외국어 중학교의 행태는 학생들을 대상으로 '장사'를 하는 것이었다.

이사장과 교장이 받은 돈이 얼마인지는 아직 알 수 없었지만 그들은 '귀족 학교'라는 이미지를 만들고 장사하고 있었다.

그런 사람들의 아래에서 학생들이 받은 교육은 경쟁 사회에서 승리하는 방법일 뿐이었다.

"여기까지가 제가 알고 있는 것입니다. 그리고 이게 진실인지도 알 수는 없습니다. 전 단지 학교 내에서 돌고 있는 소문을 이야기한 것뿐이니까요."

고지원이 말을 마쳤다.

희우는 고개를 끄덕였다.

고지원이 말한 소문을 100% 신용할 수는 없다.

이사장, 교장, 입학처장이나 되는 사람들이 그런 말을 직원들에게 흘리고 다닐 이유는 절대 없기 때문이다.

희우가 입을 열었다.

"그럼 질문 하나만 더 하겠습니다."

"네."

고지원의 표정은 이미 자포자기한 것 같았다.

희우는 그의 얼굴을 가만히 바라보며 물었다.

"그런 소문이 돌게 된 이유가 무엇이죠? 아니 땐 굴뚝에 연기가 날 리는 없습니다. 그런 소문이 돈다면 반드시 어떤 의혹이 있다는 것인데요."

"아까 말씀드렸듯이 부자가 아닌 일반적인 가정의 학생이 전학을 갔다고 했잖아요. 아이들이 전학을 가고 나면 그 뒤에 전학을 오는 학생들이 있지 않습니까? 전학 온 애들이 모두 기업의 자제였습니다."

희우가 고개를 끄덕였다.

"신빙성이 있군요."

희우는 자리에서 일어섰다. 그리고 고지원을 보며 말했다.

"하나 더 부탁하겠습니다."

"네? 뭐…… 뭘요?"

"어렵지 않은 겁니다."

"네?"

황당한 표정의 고지원을 보며 희우가 말을 이었다.

"고위 직급을 가진 사람이 자료를 파기하려고 할 겁니다. 그때 연락드리겠습니다."

고지원은 희우가 한 말이 잘 이해되지 않는지 멍하니 그를 바라보고 있을 수밖에 없었다.

그런 그를 향해 희우는 빙긋이 미소 지은 후 한식집을 빠져나왔다.

희우는 늦은 밤이 되어서야 집에 도착했다.

아내는 소파에 앉아 육아 책을 읽고 있었다.

희우가 옷을 갈아입고 맞은편 소파에 앉자 아내가 책을 덮고 물었다.

"요즘에는 어떤 사건을 하고 있어?"

어게인
마이라이프
SEASON2

희우가 슬쩍 아내를 가만히 바라보다가 물었다.

"우리 아이가 어떤 학교에 다녔으면 좋겠어?"

뜬금없는 질문에 아내가 눈을 깜빡였다.

희우가 다시 입을 열었다.

"아무래도 당신은 재벌 가문의 딸이잖아. 나하고는 다른 교육을 받았으니 생각하는 게 다르지 않나?"

아내는 고개를 갸웃거렸다. 그러다가 희우의 진지한 눈빛을 보고 덮어 뒀던 책을 옆으로 내려 뒀다. 그리고 입을 열었다.

"여보에게 말하지 않았지만 출산은 미국에서 할 거야."

"……!"

"여자애라면 한국의 외국인 학교에 보낼 테고, 남자애라면 인맥을 쌓기 위해 유학을 보내야 하니까. 아무래도 이중 국적이 편하겠지?"

희우가 황당한 표정을 지었지만 아내는 신경 쓰지 않고 말을 이었다.

"일단 외국어 세 개 정도는 기본으로 가르칠 거야. 그리고 일곱 살이 되기 전에 피아노, 바이올린, 승마를 취미 생활을 할 수 있을 정도로 가르칠 거고. 초등학교 1학년부터는 골프하고 테니스, 미학을 가르치겠지?"

"초등학교 1학년이 미학?"

"빠른 애들은 다섯 살 때부터 미학을 배워. 어쨌든 수학은 6학년이 되기 전에 수능 범위까지는 끝낼 거야."

갈수록 황당한 말에 희우는 멍하니 아내를 바라봤다.

굳어져 가는 희우의 얼굴. 하지만 아내는 여전히 아랑곳하지 않고 말을 이어 나갔다.

"아무래도 우리 아기는 나중에 재벌 사회에서 생활해야 하잖아? 이 정도는 해야지."

"……."

말이 없는 희우를 보며 아내가 배를 잡고 웃기 시작했다. 그리고 말했다.

"아가야, 아빠가 여전히 엄마를 못 믿나 보다. 엄마는 너를 절대 그렇게 키울 생각 없어."

"무슨 말이야?"

아내가 빙긋이 웃으며 답했다.

"요즘 사회가 흉흉하니까 학교는 민감한 문제이긴 한데 난 우리 아이가 공부하지 않아도 상관없어. 자유롭게 학교생활을 즐길 수 있는 곳으로 보내 주고 싶어."

희우가 고개를 절레절레 저으며 입을 열었다.

"깜짝 놀랐잖아."

희우는 소파에 등을 파묻고 깊숙이 앉았다. 그리고 잠시 눈을 감았다. 머릿속에서 그의 고등학교 생활이 떠올랐다.

성적의 고민을 이기지 못하고 유치한 행동을 했던 학생, 입시의 압력을 이기지 못해 힘들어했던 학생도 생각났다.

시간이 지난 지금, 그 기억이 나쁘게 느껴지지 않았다. 하지

어게인
마이라이프
S E A S O N 2

만 곧 태어날 자식에게는 그런 생활을 경험시키고 싶지 않았다.

생각에 빠진 희우의 옆에서 아내의 목소리가 조금은 슬프게 들려왔다.

"우리 아이가 학교를 다닐 때, 그때는 학교에 검사나 변호사, 경찰이 드나들지 않았으면 좋겠어."

그 목소리에 희우가 눈을 뜨고 아내를 바라봤다. 그리고 말했다.

"결정했어."

"어? 뭘?"

"고민하고 있었거든."

한국 외국어 중학교 입시 비리.

희우는 지금까지도 고민하고 있었다.

그 사건이 터진다면 이미 떨어진 학생은 물론 학교에 다니는 학생들에게도 충격이 올 수밖에 없다.

희우는 그런 학생들의 심정을 어떻게 보듬어야 할지 고민하고 있었다.

하지만 곪은 것은 터지기 마련.

더 곪기 전에 터뜨리는 게 옳다고 생각했다.

그 시각.

제왕 백화점 대표이사실.

그곳엔 천호령 회장의 둘째 아들 천유성과 그의 비서가 있었다.

비서가 둘째 천유성 사장을 바라보며 입을 열었다.

"김희우 변호사가 한국 외국어 중학교에 들렀다가 집에 들어갔다고 합니다. 만난 사람은 교직원으로 40대 남성입니다."

둘째 천유성은 잔인하게 보이는 뱀눈을 번뜩이며 고개를 끄덕였다.

"한국 외국어 중학교면 우리 조카가 다니는 학교가 아닌가?"

"네, 그렇습니다."

천유성은 특유의 감정이 느껴지지 않는 뱀눈으로 비서를 바라봤다.

비서는 소름 끼치는 느낌을 받았지만 애써 숨을 고르며 견뎌 냈다.

천유성이 고개를 끄덕이며 자신의 만년필을 만지작거리며 생각에 빠져들었다.

당연하지만 그는 김희우를 완전히 믿지 못하고 있었다.

사람을 붙여 감시하던 중, 희우가 셋째 천하민과 만나는 것을 포착했다.

이어서 얼마 지나지 않아 예정보다 이른 시간에 제왕 화학의 주기율 대표가 검찰의 손에서 빠져나왔다.

그리고 그날, 셋째 천하민과 김희우가 다시 만났다.

생각에 빠졌던 둘째 천유성 사장이 낮은 목소리로 입을 열었다.

"셋째 천하민과 만난 후에 중학교를 뒤지고 있다. 도대체 무슨 속셈일까?"

비서는 고개를 숙였다.

"잘 모르겠습니다."

알고 있어도 대답할 수 없었다.

이것은 그들 삼형제의 예민한 문제니까.

둘째 천유성은 그런 비서를 보며 피식 미소 지었다. 그리고 자리에서 일어나 창가로 걸어갔다.

난간 없이 통유리로 되어 있는 창가는 서울의 야경을 시원하게 보여 주고 있었다.

서울의 야경을 바라보며 천유성이 낮은 목소리로 입을 열었다.

"셋째를 만나고 움직인 곳이 외국어 중학교라⋯⋯. 착한 척하던 셋째가 첫째를 팔았어."

천유성의 감정이 느껴지지 않는 뱀눈이 세상을 내려다보고 있었다.

그가 말을 이었다.

"어떻게 움직이든 내가 손해 볼 일은 없겠어."

뒤에서 그 말을 듣고 있던 비서가 고개를 숙이며 말했다.

"저도 그렇게 생각합니다."

천유성이 몸을 돌려 비서를 바라봤다.

"김희우를 계속해서 지켜보도록 해. 녀석이 무엇을 하는지, 어떤 것을 노리고 있는지."

천유성의 뱀눈을 마주 보고 있기를 힘들어하던 비서가 황급히 고개를 숙였다.

"알겠습니다. 계속해서 지켜보겠습니다."

비서는 고개를 숙이고 대표이사실을 빠져나갔다.

천유성은 다시 서울의 야경으로 시선을 돌렸다.

그의 눈빛은 방금과 달리 복잡했다.

셋째 천하민이 첫째 천지용을 김희우에게 넘겼다는 것.

그것은 큰 의미를 보여 주고 있었다.

그들이 아무리 회장 자리에 오르기 위해 지분 싸움을 벌이고 있지만 그동안에도 선은 지켰다.

형제간의 싸움으로 검찰의 수첩에 오르내리는 일은 없도록 하자는 게 그들의 선이었다.

그 예로 둘째 천유성은 셋째 천하민을 직접 건들지 않고 제왕 화학 주기율 대표를 흔들었다.

주기율은 제왕 그룹의 사위이기는 하지만 사위가 형제는 아니니까.

하지만 셋째 천하민은 그 선을 넘어 버렸다.

물론 자신이 직접 나서지 않고 희우를 움직였으니 들키지 않으리라고 생각하고 있을 수도 있었다.

하나 그것이 더 괘씸했다.

생각을 이어 가던 둘째 천유성의 눈에 살기가 흘렀다.

"네가 그렇게 나온다면 똑같은 방법을 사용할 수밖에 없어."

그의 입이 히죽 웃고 있었다.

다음 날 저녁, 희우는 피해자 모범상의 아파트로 향하고 있었다.

아파트에 도착한 희우는 가볍게 숨을 내쉰 후 엘리베이터에 올랐다.

띵!

엘리베이터가 9층에서 멈춰 섰다.

이곳은 복도식 아파트였다.

좁은 복도를 지나 끝에 있는 집에 도착한 희우가 초인종을 눌렀다.

딩동딩동.

두 번의 초인종 음에 이어 안에서 모범상의 엄마 목소리가 들렸다.

"누구세요?"

희우는 낮게 호흡한 후 입을 열었다.

"KMS의 김희우 변호사라고 합니다."

"네? 변호사요?"

문이 조심스럽게 열렸다.

그리고 모범상의 엄마는 희우의 얼굴을 보고 눈이 동그랗게 커졌다.

"김희우 변호사님?"

희우가 모범상의 엄마를 향해 사람 좋은 미소를 지으며 살짝 고개를 숙였다.

"안녕하세요?"

"네? 네. 그런데 어쩐 일로……?"

"모범상 학생 일 때문에 왔습니다."

"무슨 잘못이라도 했나요?"

생전 변호사라는 직업을 앞에 둔 적이 없는 모범상의 엄마는 놀라고 걱정스러운 표정으로 희우에게 묻고 있었다.

희우가 고개를 저었다.

"걱정하실 일은 아닙니다. 그런데 모범상 학생이 집에 있나요?"

"아뇨, 아직 집에 안 들어왔어요."

잠시 후, 희우는 거실에 앉아 있었다.

소파와 테이블 그리고 텔레비전으로 인해 거실은 꽉 차 있었다.

집에 있는 가족은 현재 엄마와 아빠뿐. 모범상과 그의 형 모동훈은 아직 집에 들어오지 않았다.

희우가 입을 열었다.

"모범상 학생이 올 초에 한국 외국어 중학교 입학시험을 봤었죠?"

"네? 네."

"그 학교에서 입시 비리가 발견되었습니다."

"……!"

"모범상 학생은 충분히 합격할 수 있는 점수를 가지고 있었습니다. 하지만……."

희우는 일련의 이야기를 간단하게 전했다. 그리고 말을 이었다.

"소송을 건다면 이길 수 있습니다."

갑작스레 텔레비전에서 보던 변호사가 나타나 소송이라는 이야기를 하자 부모의 얼굴은 멍하니 있었다.

모범상의 아빠가 고개를 저으며 말했다.

"소송을 걸어서 뭐하겠습니까? 우리 아이에게 남는 건 상처뿐입니다."

희우가 고개를 끄덕였다.

"모범상 학생이 입시에 떨어졌다고 '재수생'이라는 별명으로 불린다는 이야기는 알고 계셨나요?"

"재수생요?"

"네."

희우의 간단한 대답에 부모는 복잡한 표정으로 서로의 눈을 바라봤다.

모범상의 아빠가 다시 침착한 표정으로 말했다.

"하지만 우리에게는 소송을 걸 수 있는 돈이 없습니다. 변호사를 선임하는 것도 돈이 들지 않나요?"

"물론 듭니다. 게다가 저 역시 KMS의 소속이기 때문에 무료로 해 드린다는 말씀은 전할 수 없습니다. 하지만 모든 비용은 나중에 소송에서 승리한 후 상대방에게 받을 수 있습니다."

"……!"

"진다는 생각은 하지 않지만 혹시나 졌을 때는 전액 받지 않도록 하겠습니다."

부모는 다시 고민하는 얼굴이 되었다.

하지만 자식의 문제이기 때문에 섣불리 입을 열지 못했다.

소송에서 이기고 지는 문제는 그들에게 큰 상관이 없었다.

그들이 걱정하는 것은 어디까지나 자식이 받을 상처였다.

그때 현관문이 열리고 모범상이 들어왔다. 그리고 침착한 얼굴로 말했다.

"죄송해요. 밖에서 듣고 있었어요."

희우의 눈이 그를 향했다.

"어떻게 하고 싶어?"

"소송해 주세요. 변호사님의 말씀이 맞는다면 꼭 해 주세요."

아빠는 아들의 얼굴을 물끄러미 바라봤다.

이제 중학교 1학년.

지금 자신이 무슨 말을 하고 있는지 알까?

아빠 역시 소송이라는 것을 경험해 보지 못했지만 주변에서 들은 것이 있었다.

짧은 기간에 끝나지 않고, 어쩌면 피를 말리는 순간을 경험해야 할지도 모르는 일이었다.

아빠는 고개를 저었다.

세상을 살다 보면 억울한 일이 있기 마련이다.

일일이 따지며 사는 게 꼭 좋은 일만은 아니라고 생각했다. 그리고 한창 공부를 하고 꿈을 키워야 할 나이에 소송이라는 이름으로 시간을 허비하게 하고 싶지 않았다.

아빠가 자리에서 일어나 아들의 앞으로 걸어갔다. 그리고 입을 열었다.

"아빠랑 엄마가 생각해 볼게. 넌 신경 쓰지 말고 공부만 열심히 하면 되는 거야."

아빠는 시선을 아들에게서 희우에게로 옮겼다. 그리고 말을 이었다.

"말씀해 주신 것은 감사하지만 조금 신중히 생각해 보겠습니다."

아빠의 마음을 알았는지 희우는 더 이야기하지 않고 자리에서 일어섰다. 그리고 부부를 향해 살짝 고개를 숙이고 현관으로 걸어갔다.

그때 모범상이 입을 열었다.

"할 거예요."

"……."

그 말에 희우의 걸음이 멈춰졌다.

모범상이 다시 말했다.

"변호사님, 저 그 소송이라는 거 해 볼게요."

희우가 천천히 고개를 돌려 학생을 바라봤다.

모범상의 엄마가 소파에서 일어서 앞으로 걸어와 아들을 말리기 위해 어깨에 손을 올렸다. 그리고 말했다.

"소송에서 이긴다고 해서 그 학교에 다닐 수 있는 것도 아니야. 네가 실력으로 떨어지지 않았다는 것만으로도 엄마, 아빠는 충분해."

모범상이 고개를 저으며 입을 열었다.

"전 충분하지 않아요. 변호사님, 도와주세요."

희우가 천천히 고개를 끄덕였다. 그리고 부부의 얼굴을 번갈아 보며 입을 열었다.

"부모님께서 어떤 걱정을 하고 계신 건지 알고 있습니다. 하지만 모범상 학생이 신경 쓸 일은 없을 겁니다. 사건이 법정까지 간다면 증인으로서 설 수는 있겠지만 그 외에 다른 시간을 빼앗지는 않겠습니다. 약속드립니다."

하지만 아빠는 아직 마음에 들지 않는 얼굴이었다.

아무리 시간을 뺏지 않는다 해도 소송이 시작된다면 머릿속의 생각은 온통 그곳에 가 있을 수밖에 없다는 것을 그는 잘 알고 있었다.

아빠의 생각을 알았는지 모범상이 말했다.

"소송하지 않아도 저는 그 생각으로 머리가 가득할 거예요. 이미 들었으니까요. 그럼 억울한 일이라도 해결해야 하지 않을까요?"

아빠의 입에서 낮은 한숨이 흘렀다.

그는 고개를 끄덕였다.

"알았다. 그렇게 하자."

희우는 모범상의 집을 나섰다. 그리고 그 뒤로 두 집을 더 돌았다.

처음에는 껄끄러워했지만 그들은 모두 소송하기로 마음먹었다.

마지막 집에서 나오며 희우는 하늘을 올려다봤다.

검은 밤하늘. 서울의 하늘에는 별조차 보이지 않았다.

잠시 하늘을 보던 희우는 집으로 향하지 않고 KMS 사무실로 향했다.

늦은 시간이었지만 퇴근하지 못한 변호사들로 인해 건물의 불은 밝혀져 있었다.

희우는 자신의 사무실이 아닌 강민석 변호사의 사무실로 올라갔다.

책상 위에 산더미만큼 서류를 높이 쌓고 있던 강민석 변호사는 희우가 들어오자 고개를 들어 그를 바라봤다. 그리고 충혈된 눈을 보이며 살짝 웃었다.

희우가 고개를 숙이고 입을 열었다.

"며칠 전에 말씀드린 한국 외국어 중학교 피해자 학부모를 만나고 왔습니다."

"아, 그래?"

강민석 변호사는 자리에서 일어나 맞은편에 있는 소파에 앉았다. 앉아서도 피곤한지 목을 주무르던 강민석 변호사가 입을 열었다.

"부모들은 뭐래?"

"지금 세 명을 만났는데 모두 진행하겠다고 했습니다."

"학생들은?"

"학생들 역시 원하고 있었습니다."

강민석 변호사가 고개를 끄덕였다.

"그럼 어떻게 시작할지 들어 볼까?"

대한민국은 다름 아닌 교육을 중시하는 곳이다. 이런 나라에서 입시 비리, 그것도 중학교의 입시가 터진다는 것은 큰 문제였다.

게다가 재벌 및 돈이 있는 사람들이 속해 있는 곳이었기에 사람들의 공분은 더욱 커질 수밖에 없었다.

당연히 조심스럽게 접근해야만 했다.

강민석 변호사의 눈을 보며 희우가 입을 열었다.

"학생들이 관여되어 있는 사건이기 때문에 길어질수록 좋

어게인
마이라이프
SEASON2

을 일은 없다고 생각해서 단기간에 끝내려고 합니다."

강민석 변호사가 팔짱을 끼며 물었다.

"단기간? 가능할까?"

"일단 법원에 소장을 제출하고 방송사 시사 프로그램에 제보할 겁니다."

"시사 프로그램?"

"재벌 가문이 끼어 있고 사회적 파장이 큰일이기 때문에 검찰이 나서기에는 시간이 조금 걸릴 겁니다. 하지만 언론이 여론을 만들어 내면 검찰은 움직일 수밖에 없습니다."

강민석 변호사가 고개를 끄덕였다.

"학교 측에서는 법정에 가기 전에 피해자들과 합의를 보기 위해 움직이겠군. 물론 전면에 나서서 하는 합의는 자신들의 죄를 인정하는 것이니까 뒷구멍으로 하겠고."

"네. 저도 그렇게 예상합니다."

"뒷거래로 합의를 보면 피해자들이 입을 다물고 있으니 검찰이 움직여 봤자 혐의를 찾기 어렵지 않을까?"

희우가 슬쩍 웃으며 말했다.

"피해자는 세 명만 있는 게 아닙니다."

"……!"

"잘못된 입시에 의한 피해자가 개교 이래 백여 명이 넘을 것으로 예상합니다."

강민석 변호사가 어이없다는 듯 고개를 저었다.

"대학도 아니고 중학교 가는데 뭘 그렇게들 하고 있어?"

"그 사람들의 생각을 우리가 이해할 필요는 없죠."

"진행해."

"네. 그리고 하나 더 있습니다."

"……."

"사건이 진행되고 시사 프로그램까지 움직인다면 언론에 오르내리게 될 겁니다."

강민석 변호사가 고개를 끄덕였다.

"그렇게 되겠지."

"이번엔 김희우라는 제 이름이 전면에 내세워지기보다 KMS의 간판이 우선되어 실렸으면 좋겠습니다."

"이유는?"

강민석 변호사는 사실 누구의 이름이 노출되든 큰 상관은 없었다. 그저 희우가 KMS의 간판을 정면에 내세운다는 말에 흥미를 끌었을 뿐이다.

희우가 답했다.

"에스 로펌이 마음에 들지 않아서요. 웬만하면 KMS가 그 위로 올라가기를 바라고 있습니다."

에스 로펌은 대한민국 굴지의 변호사 집단으로, 희우의 대학 동기인 박승환 검사의 아버지가 대표로 있는 곳이었다.

희우의 말에 강민석 변호사가 재미있다는 듯 웃기 시작했다.

"에스 로펌을 잡는 거라면 나도 언제든지 환영한다. 하하하하."

두 사람은 이야기를 조금 더 나눴다. 그리고 희우는 강민석 변호사의 사무실을 빠져나와 자신의 사무실로 향했다.

김지임 비서는 먼저 퇴근했기에 앞에는 아무도 없었다.

희우는 문을 열고 비어 있는 사무실로 들어가 의자에 앉았다. 그리고 손가락으로 톡톡톡, 책상을 두들기기 시작했다.

그는 깊은 생각에 빠져드는 중이었다.

오랜 시간이 지난 후, 희우는 전화기를 손에 들었다.

전화가 향하는 곳은 민수였다.

"퇴근하셨어요?"

─아니, 아직. 왜? 술 먹자고? 술 먹을 시간이야 있지. 흘흘흘.

희우는 대답도 하지 않았는데 민수는 재빨리 주제를 술로 돌렸다.

희우가 슬며시 웃으며 고개를 끄덕였다.

"네, 어디서 뵐까요?"

잠시 후, 희우는 조용한 호프집에서 민수와 앉아 있었다.

작은 테이블 위에 치킨과 맥주 오백짜리 두 잔이 놓였을 때, 민수가 말했다.

"같은 동네에서 일하면서 보는 건 띄엄띄엄 보는구나."

중앙 지검과 KMS는 몇 분 걸리지 않는 위치에 있었다.

하지만 두 사람 모두 바쁜 하루를 보내고 있으니 편히 만나기는 쉽지 않았다.

민수가 맥주잔을 들어 마신 후 다시 입을 열었다.

"그래서, 무슨 일이야?"

"한국 외국어 중학교 입시 비리 문제가 있어요."

"중학교에? 대학도 아니고 중학교에 입시 비리가 왜 있어?"

민수의 동그란 눈을 보며 희우가 말을 이었다.

"'귀족 학교'라고 불리는 곳이에요. 어릴 때부터 인맥 쌓기가 시작되는 것 같아요. 지금 피해자들이 소송을 걸려고 하는데 지금 당장 검찰이 움직이기는 쉽지 않을 거예요."

"그렇겠지. 아무래도 사회적 파장을 고려하지 않을 수 없으니까."

"하지만 결국은 움직일 수밖에 없을 겁니다."

"흘흘흘, 네가 그렇게 만들려고?"

희우가 가볍게 고개를 끄덕였다. 그리고 입을 열었다.

"여러모로 생각해 봤는데, 최대한 빠른 시일 내에 사건을 종결시키고 싶습니다. 현재 학교에 다니고 있는 학생들 역시 피해자이니까요."

민수가 묘한 미소를 지으며 희우를 바라봤다.

"그 말을 나에게 하는 이유는?"

희우는 그런 민수의 눈빛을 담담히 받으며 말을 이었다.

"제가 조사한 내역을 선배와 공유하겠습니다. 그럼 검찰이 움직였을 때 조금 더 수월하게 사건을 종결시킬 수 있지 않을까요?"

민수가 고개를 끄덕였다.

"좋아, 그렇게 하지. 그런데 난 피해자 생각은 하지 않아. 범인만 볼 거야. 알고 있지?"

"최대한 빠르게 그리고 짧게만 끝내 주세요."

"그건 약속하지. 흘흘흘."

민수와 희우의 입장 차이였다.

희우는 변호사로서 학생과 피해자의 마음을 헤아려야 하지만, 민수는 오로지 법의 테두리 안에서 문제 되는 것을 잡아야 했다. 희우 역시 변호사가 아닌 검사였다면 같은 생각을 하고 있을 것이었다.

민수가 맥주를 들어 마신 후 말했다.

"사건을 빠르게 종결시키고 검찰을 움직일 마음이라면 언론을 움직일 건가?"

"네."

"시사 프로그램이 좋겠네."

희우는 민수에게 어떤 식으로 사건을 진행해 나갈지 이야기하지 않았다. 하지만 민수는 희우가 진행할 사건의 방향에 대해 폭넓게 훑어보고 있었다.

민수가 치킨을 한 조각 집어 먹으며 말을 이었다.

"시사 프로그램 PD 한 명 알고 있는데 연결해 줄까? 그 사람, 요즘에 소재 거리 떨어졌다고 난리거든."

"그럼 감사하죠."

"연락해 둘게. 흘흘흘."

며칠 후.

한국 외국어 중학교 이사장실.

이사장의 눈은 파르르 떨려 오고 있었다.

그가 보고 있는 것은 법원에서 날아온 소장이었다.

올해 입시에서 떨어진 세 명의 학부모가 보낸 소장.

그들은 입시에 대한 투명성 문제를 제기하며 학교를 상대로 고소를 진행하고 있었다.

이사장은 짜증이 난다는 듯 손으로 이마를 감싸고 고개를 절레 저었다.

"벌레 같은 것들이 이미 끝난 일을 가지고 난리야?"

이사장은 한숨을 내쉬며 의자에 앉았다. 그리고 전화기를 들었다.

"아, 입학처장, 지금 이사장실로 좀 와 주세요."

잠시 후, 입학처장이 이사장실로 들어왔다.

"무슨 일이십니까?"

입학처장의 물음에 이사장은 턱짓으로 책상 위에 있는 종이를 가리켰다.

입학처장이 책상 앞으로 다가와 종이를 들어 올렸다.

"고소장입니까?"

이사장이 고개를 끄덕였다.

입학처장이 다시 입을 열었다.

"고소를 진행해도 이길 수 없을 텐데, 왜 이런 짓을 하고 있을까요?"

학생을 받고 말고는 학교의 결정이다.

의혹이 있다고 해도 면접에서 좋은 점수를 줬다는 말만으로도 쉽게 끝낼 수 있다.

게다가 그 자료를 가지고 있는 것이 학교다.

검찰이 움직인 것도 아니고 민사재판에서 학교가 가진 자료를 모두 들쑤셔 보기는 어려웠다.

확실한 증거가 없고서 고소인들은 반드시 패할 수밖에 없는 일이었다.

법에 대한 지식이 없어도 이 사건이 학교의 승리라는 것은 예상할 수 있었다.

이사장이 차가운 눈으로 입학처장을 바라보며 입을 열었다.

"학교에서 떨어진 낙오자들의 모임에는 관심이 없어요. 그런데 그 사건을 맡고 있는 사람의 이름을 보세요."

입학처장의 눈이 변호사의 이름을 찾았다.

"김희우요?"

이사장이 고개를 끄덕였다.

"네, KMS의 김희우라면 우리가 알고 있는 김희우가 맞을 겁니다."

입학처장은 고개를 갸웃거렸다.

김희우라는 이름은 그들도 보고 들어 알고 있었다.

하지만 '그런 거물이 왜 이런 사건의 변호를 맡았을까?'라는 의문에 대한 답은 떠오르지 않았다.

이사장이 말했다.

"상대는 낙오자들이 아니라 김희우라고 생각해야 합니다. 지금 당시 입학 담당 직원들을 불러 모아서 관련 서류 작업을 하도록 하세요."

"네, 알겠습니다."

"작업이 어렵다면 파기해도 좋습니다."

입학처장이 무거운 한숨을 내쉬며 고개를 끄덕였다.

"알겠습니다."

입학처장은 이사장에게 고개를 숙인 후 문밖으로 나섰다.

그런 입학처장의 등을 보고 있는 이사장이 고개를 저었다.

"한심한 놈. 어디서 먼지를 흘리고 다녔기에 파리 새끼가 꼬이게 하고 있어?"

이사장은 지금 일어나고 있는 일이 입학처장이 어디선가

실수했기 때문이라고 여기고 있었다.

도단 교육 재단의 아들로 태어난 이사장, 그에게 학교는 작은 성이었기에 그는 이곳의 왕과 같았다. 당연히 교직원은 노예로, 학생은 돈으로 보일 뿐이었다.

～～～

그 시각, 희우는 민수가 소개해 준 시사 프로그램의 PD를 만나기 위해 방송국 근처의 커피숍으로 걸어가는 중이었다.

그는 손목을 들어 낡은 시계의 시간을 확인하며 슬쩍 웃어 보였다.

"소장을 확인했을 시간이네."

고소장을 확인한 사람은 두 가지로 움직일 수밖에 없다.

당황하여 어쩔 줄 모르는 사람과 조금이라도 빨리 증거를 없애기 위해 움직이는 사람.

한국 외국어 중학교의 이사장이라면 가진 자료를 파기해 자신의 죄를 감추려는 사람으로 생각되었다.

희우는 천천히 목적지를 향해 걸으며 핸드폰을 들어 올렸다. 학교의 교직원인 고지원에게 연락하는 중이었다.

잠시 통화음이 흐르고 상대가 전화를 받자 희우가 입을 열었다.

"지금부터 입시에 관한 자료를 파기하려고 할 겁니다. 그때 그 자료를 파기하지 말고 남겨 주셨으면 합니다."

─네? 어…… 어떻게 아셨나요?

고지원은 방금 입학처장으로부터 입시 자료를 보관하지 말고 파기하라는 지시를 받은 후였다. 그런데 그것을 알고 있다는 듯 희우가 전화하자 놀랄 수밖에 없었다.

희우가 입을 열었다.

"제가 학교에 연락하는 상대가 고지원 씨밖에 없다고 생각하지는 말아 주세요."

─……!

고지원은 놀랐는지 잠시 아무 말도 하지 않았다.

물론 지금 희우가 한 말은 거짓말이었다. 단지 고지원이 다른 생각을 하지 못하고 임무에 충실할 수 있도록 선을 그었을 뿐이다.

하지만 그것으로 충분했다.

고지원은 희우의 말을 진실이라고 생각하고 고개를 끄덕이고 있었다.

희우가 말을 이었다.

"그런데 고지원 씨에게 서류를 파기하라고 지시한 사람이 누구죠?"

"……입학처장입니다."

입학처장?

희우는 고개를 갸웃거렸다.

이사장의 명령을 받고 교장이 직접 나설 것이라고 예상했기 때문이다.

잠깐의 생각을 마친 희우가 입을 열었다.

"서류를 파쇄했다고 입학처장에게 말해 주세요. 입학처장이 거기까지 확인하지는 않을 겁니다."

－네, 알겠습니다.

희우는 전화를 끊었다.

그의 눈앞에는 어느새 약속 장소인 커피숍이 눈에 보였다.

커피숍 안으로 들어가니 한 남자가 자리에서 일어나 희우의 앞으로 걸어 나왔다.

"안녕하세요? 시사 프로그램 PD입니다."

두 사람은 가볍게 악수하고 자리에 앉았다.

PD가 입을 열었다.

"이민수 검사에게 연락받았는데, 학교 입시 비리라고 들었습니다."

"네, '귀족 학교'라고 불리고 있는 한국 외국어 중학교에 대한 입시 비리입니다."

희우는 가방에서 서류 몇 장을 꺼내 들어 테이블 위에 올려뒀다. 그리고 입을 열었다.

"먼저 아셔야 할 게 이 학교의 입시 전형 방법입니다."

Chapter 4

중학교의 전형은 세 가지가 있었다.

미래 국제 지도자 전형, 사회 배려자 전형, 일반 전형이었다.

희우가 계속 말했다.

"우선 이 학교의 모든 전형은 자기소개서를 작성해야 합니다. 작성 시 부모의 최종 학력과 직업을 써야 하는 것은 필수입니다. 그런데 학생이 학업에 임하는 데에 있어서 부모의 직업과 최종 학력이 필요할까요?"

PD가 고개를 끄덕이며 말했다.

"최종 학력과 직업을 쓴다는 것은 당연히 논란의 여지가 있어 보이네요. 하지만 학교 측에서는 '관행상 하고 있던 것뿐이다. 다음 입시부터는 바꾸겠다.'라고 말하면 끝입니다.

문제가 될 수 없어요."

희우가 말을 이었다.

"문제는 애초에 가난한 집 아이들은 뽑힐 가능성이 없었다는 겁니다. 이 학교는 일정 수준의 재산을 가지고 있는 학생들만이 들어갈 수 있다는 것입니다."

PD가 황당한 표정을 지어 보였다.

"그게 무슨 말인가요?"

희우는 서류를 넘겨 다음 장을 펼쳤다. 그리고 한 부분을 가리켰다.

"문제가 있어 보이지 않나요?"

PD는 물끄러미 입학 전형 서류를 바라봤다. 그리고 절레절레 고개를 저었다.

"사회 배려자 전형에 가정의 재산이 얼마 이하가 되어야 한다는 것이 적혀 있지 않군요."

"네, 막대한 재산을 가진 집안의 자식이라고 해도 이혼한 가정, 또는 다문화 가정이라면 응시할 수 있습니다."

다문화 가정이라고 해서 모두가 어려운 것은 아니었다.

한국에서 활동하는 연예인을 예로 들면 국적은 외국이지만 한국에서 태어나고 자랐기에 문화적 어려움을 겪지 않는 경우도 많으니까.

희우의 손가락이 다른 한 곳을 가리키며 말을 이었다.

"여기 역시 마찬가지입니다. 외국에서 오랫동안 살다 와서 한국말에 익숙하지 않은 학생이 응시하는 곳이지만 그 외에 이중 국적자도 응시할 수 있네요."

소위 돈이 있는 사람 중에는 자식의 국적을 미국으로 하기 위해 원정 출산을 떠나는 사람들이 있다. 한국 외국어 중학교의 입학은 바로 그런 아이들을 위한 것이었다.

학교는 이런 방식을 사용해 교묘히 응시자를 가려내고 있었다.

가만히 희우의 말을 듣고 있던 PD가 고개를 끄덕였다.

"문제가 있군요."

"방송할 수 있을까요?"

PD는 팔짱을 끼고 골똘히 생각에 빠졌다. 그리고 잠시 생각하다가 입을 열었다.

"저도 어제 조금 알아봤습니다. 한국 외국어 중학교에 제왕 그룹 천지용 본부장의 아들이 입학했죠?"

"네."

"재벌가의 부정 입학이라는 측면으로 접근하면 시청률은 꽤 나올 겁니다. 그런데 문제는 학교 측에서 어떤 자료도 주지 않을 게 분명한 겁니다. 그럼 우리는 뜬구름 잡기식으로 떨어진 학생들 위주로 인터뷰할 수밖에 없어요."

"……."

"학교 측에서 명예 훼손으로 우리를 고소할 수도 있지요. 그렇게 되면 우리는 할 말이 없어집니다. 아무래도 객관성을 잃어버렸으니까요. 예전에 몇몇 시사 프로그램에서 그런 식으로 방송을 내보냈다가 PD와 직원이 모두 징계받은 일이 있습니다."

"……."

"우리 역시 월급쟁이다 보니 징계나 이런 것에 민감할 수밖에 없습니다."

PD는 거절하고 있었다. 그리고 희우는 PD가 거절할 것을 예상하고 있었다.

민감한 문제였다.

중학교의 입시 비리, 그리고 재벌가.

자극적인 소재이기는 했지만, 뒷일이 불러올 파장은 상상 이상일 것이 분명했다.

희우가 PD의 눈을 바라보며 말했다.

"학교의 비리를 증명할 자료가 있다면요?"

"네?"

희우는 손으로 서류를 한 장 넘겼다.

피해자 학생들의 고소장이었다.

고소장을 PD의 앞으로 밀어 넣으며 희우가 입을 열었다.

"학생들의 변호는 제가 맡고 있습니다."

"……!"

"이르면 오늘, 늦어도 이삼일 안에 학교의 비리가 낱낱이 적힌 증거를 보여 드리죠. 주관적이 아닌 객관적인 시각으로 볼 수 있을 만큼의 자료를 만들어 드리겠습니다."

PD의 입에서 한숨이 흘렀다.

그런 PD를 향해 희우가 말을 이었다.

"전 혼자서도 이 사건을 이길 수 있습니다. 그런데 PD님께 연락한 이유는 학생들의 충격을 최소화하기 위해 최대한 빠르게 끝내고 싶기 때문입니다."

희우는 날카로운 눈으로 PD를 바라보며 계속 말했다.

"빠르게 끝낼 방법은 단 하나, 여론 몰이."

희우의 말에 PD는 허탈한 웃음을 지으며 입을 열었다.

"알겠습니다. 객관적인 자료가 확보된다면 방송할 수 있도록 준비하겠습니다."

희우가 가지고 온 서류를 덮으며 말했다.

"시청률은 높을 겁니다. PD님, 승진하시겠네요."

그날 저녁.

방마다 미닫이문으로 칸막이가 되어 있는 일식집이었다.

그곳에서 희우는 한국 외국어 중학교 교직원인 고지원과 만나고 있었다.

고지원이 희우에게 사전 두세 개 정도 두께의 서류 뭉치를 건넸다.

"이겁니다. 최근 3년간 학생들의 입학 서류입니다."

희우는 서류를 받아 자신의 옆에 내려 두며 고지원에게 말했다.

"교장에게는 소각했다고 하셨나요?"

"네."

"잘하셨습니다. 고지원 씨 덕에 학생들이 조금은 깨끗한 환경에서 공부할 수 있겠네요."

고지원은 한숨을 내쉬었다.

그의 어깨가 몹시 무거워 보였다.

당연한 일이었다.

직장에서 일어나는 비리를 외부인에게 유출했으니 마음이 편할 수 없었다.

희우가 말했다.

"고지원 씨에게 해가 될 일은 없을 겁니다. 걱정 마세요."

고지원이 고개를 떨어뜨렸다. 그의 입에서는 한숨만 흘렀다.

희우는 자리에서 일어섰다.

"그럼, 드시고 가십시오. 계산은 제가 하겠습니다."

미닫이문을 열고 희우는 밖으로 나갔다.

여전히 뒤에서는 고지원의 한숨만 들릴 뿐이었다.

밖으로 나간 희우는 전화를 걸었다.

전화는 낮에 만난 시사 프로그램의 PD에게 향하고 있었다.

"자료 확보했습니다. 지금 움직였으면 하는데 가능한가요?"

-지금 출발하면 40분쯤 걸리겠네요.

"최소 인원으로 와 주십시오."

-혼자 가겠습니다.

희우는 전화를 끊고 학교를 향해 걸어갔다.

학교는 야간 자율 학습을 하는 학생들로 인해 불이 훤히 밝혀져 있었다.

잠시 불이 켜진 교실을 바라보던 희우는 몸을 돌려 학교 근처를 둘러보기 시작했다.

그리고 40여 분이 지났을 때, 희우는 학교에서 조금 떨어진 도로에서 PD와 만났다.

길가에 주차하고 내리는 PD를 보며 희우가 물었다.

"카메라는요?"

PD가 손에서 작은 디지털카메라를 꺼내 들며 말했다.

"요즘에는 방송용 카메라도 소형화되었어요."

희우가 학교를 바라보며 입을 열었다.

"정문은 경비가 지키고 있습니다. 우리가 갈 곳은 소각장입니다. 뒷산과 연결되어 있는데 담장이 높지 않아 충분히 넘어갈 수 있습니다."

"소각장으로 간다고요?"

희우가 백팩의 지퍼를 열어 많은 종이를 보여 주며 입을 열었다.

"자료를 넘겨준 사람은 교장에게 소각했다는 말을 전했습니다. 우리는 그곳에서 이 자료를 확보한 것으로 해야 제보자도 의심받지 않을 겁니다."

PD는 고개를 끄덕였다.

"제보자의 안전이 최우선이 되어야 하지요."

희우는 미리 선별해 둔 서류 몇 장을 가방에서 빼냈다. 그리고 라이터로 서류 일부분에 불을 붙였다. 중요 내용이 적혀 있지 않은 부분이었다.

희우가 PD에게 서류를 보이며 말했다.

"소각장에서 주운 것 같나요?"

"완벽합니다."

학교의 뒷산으로 이어진 담장은 성인 남자라면 어렵지 않게 넘어갈 만한 높이였다.

두 사람은 담을 넘어 소각장에 도착했다.

자율 학습 감독을 제외한 대부분 교사는 퇴근했고 학생들은 교실에서 자율 학습을 하고 있었기에 소각장에는 희우와 PD만이 있었다.

희우는 가방에서 태웠던 서류를 꺼내 땅에 내려 뒀다.

그것을 카메라로 찍는 PD.

화면 속에서는 소각되다가 바람에 날려 발견된 것처럼 보였다.

PD가 말했다.

"떨어진 학생이 입학한 학생보다 점수가 확연히 더 높군요.

어게인
마이라이프
SEASON 2

면접에서 떨어졌다고 말해도 의심받을 수밖에 없습니다."

"부모의 직업과 재산은 그 반대지요."

희우가 자리에서 일어서며 말을 이었다.

"주차장에 이사장의 차가 있습니다."

"아직 퇴근하지 않았나요?"

"퇴근하기에 마음이 편하지 않을 겁니다. 오늘은 고소장
이 날아온 날이니까요."

희우와 PD는 주차장을 향해 걸어갔다.

수억을 호가하는 고급 외제 차.

PD는 이사장의 차를 카메라에 담으며 희우에게 물었다.

"이사장이 돈이 많긴 한가 보네요."

희우가 어깨를 으쓱해 보였다.

마지막으로 PD의 손에 있는 카메라가 학교의 전경을 담
았다.

PD의 머릿속에는 이미 어떤 시나리오가 만들어지는 중이
었다.

학교 밖으로 나오며 PD가 희우에게 물었다.

"탈락한 학생과 부모를 만나 볼 수 있을까요?"

"학생과는 이 일이 마무리될 때까지 신경 쓰지 않도록 하
겠다고 약속했습니다. 하지만 부모님들과는 약속하지 않았
으니 한번 물어보겠습니다."

PD는 고개를 끄덕이며 수첩에 몇 가지를 적으며 말했다.

"이 정도 속도로 자료가 만들어진다면 다음 주에는 방송할 수도 있겠네요. 최대한 빠르게 편성하도록 준비하겠습니다."

희우가 슬쩍 웃어 보였다.

"PD님께 밥 한번 사야겠네요."

며칠 후, 시사 프로그램의 예고편이 방송되었다.

한국 외국어 중학교의 입시 관련 비리였다.

비록 예고였을 뿐이지만 사람들의 관심은 집중되었다.

대학교나 특목고가 아닌 중학교 입시 비리라는 것에 사람들은 분노했다.

한국 외국어 중학교 이사장실.

학생들은 수업에 들어가 있는 시간이라 이사장실의 소파에는 이사장과 입학처장만이 앉아 있었다.

이사장이 노기 어린 눈빛으로 입학처장을 노려봤다.

"지금 이게 무슨 일입니까?"

"저…… 저도 모르겠습니다."

입학처장은 이사장의 시선을 피해 애꿎은 바닥만을 바라봤다.

이사장이 한숨을 내쉬며 소파에서 일어섰다. 그리고 입학처장의 어깨를 토닥이며 입을 열었다.

"책임을 져야 할 겁니다."

"네? 책임요?"

이사장이 고개를 끄덕이며 말을 이었다.

"입학에 관한 것을 이사장인 내가 어떻게 알겠습니까? 난 입학처장과 교장에게 전권을 위임했을 뿐입니다. 아시잖아요? 난 학교의 재정에 관한 것을 운영할 뿐, 어떤 것도 관여하지 않는 사람입니다."

"......."

입학처장은 다시 고개를 숙였다.

이사장이 도마뱀 꼬리 자르기를 하는 것처럼 느껴졌다.

목구멍 끝까지 '당신이 지시한 일이잖아.'라는 말이 올라왔지만 그는 꾹 참았다.

고개를 숙이고 있는 입학처장을 본 이사장의 입가에 비릿한 미소가 걸렸다.

그는 입학처장의 어깨를 툭툭 치며 말을 이었다.

"걱정하지 마세요. 방법은 있어요."

"방법요?"

입학처장이 고개를 들어 이사장을 바라봤다.

이사장이 계속 말했다.

"지금 시사 프로그램이 움직이고 소장이 날아왔습니다. 뭔가 지금 이 모든 상황을 단 한 사람이 움직이고 있다는 생각이 들지 않습니까?"

입학처장이 눈을 껌뻑이며 이사장을 바라봤다. 그리고 더 듬더듬 입을 열었다.

"한 사람이면 김희우요?"

입학처장의 머릿속에는 지금 김희우라는 이름 석 자만이 떠오르고 있었다.

멍한 눈빛의 입학처장을 보는 이사장의 입가에 잔혹한 미소가 흘렀다.

입학처장이 말을 이었다.

"김희우라는 사람이 대단하기는 하지만 변호사라는 직업에 관해서 생각해 보세요. 변호사의 목적은 재판에서 승리하기 위한 것. 그리고 이 사건은 민사입니다."

"……."

입학처장은 아직까지도 이사장이 무슨 말을 하고 있는지 이해하지 못한 표정이었다. 하지만 이사장의 입에 걸린 미소가 더 짙어졌다.

이사장이 말했다.

"민사의 목적은 뻔하죠. 돈입니다. 김희우가 대리를 맡은 고소인이 세 명이 있습니다. 그 사람들에게 찾아가서 돈 몇 푼 던져 주도록 하세요."

이사장은 다시 입학처장의 어깨를 툭툭 치며 말을 이었다.

"하루 벌어 하루 사는 불쌍한 사람들입니다. 푼돈을 주면 감사하다는 인사와 함께 고개를 숙일 겁니다. 무슨 뜻인지 알겠죠?"

방송이 시작되기 전에 합의를 보라는 말이었다.

입학처장이 한숨을 내쉬며 말했다.

"합의만 본다고 해서 끝나지는 않을 텐데요. 방송이 시작되면……."

이사장이 고개를 저었다.

"그 일은 내가 알아서 하겠습니다."

"알겠습니다."

힘없이 자리에서 일어선 입학처장은 이사장실을 벗어나 밖으로 나갔다.

입학처장은 한동안 그 자리를 떠나지 못했다.

평생을 교직에서 몸담았던 입학처장이었다.

달콤한 유혹을 이기지 못해 받은 돈으로 이런 불상사가 일어날 것이라고는 생각하지도 못했다.

입학처장이 복도의 천장을 바라보며 힘없는 목소리로 중얼거렸다.

"꼭두각시구나."

그의 눈은 초점 없이 멍하니 허공만을 응시했다.

그때 복도의 끝에서 학교장이 이사장실로 다가오고 있었다.

시사 프로그램의 예고편을 본 학교장의 표정 역시 심각할 정도로 굳어진 상태였다.

조용한 복도에 학교장의 발소리만 뚜벅뚜벅 울려 퍼졌다.

그리고 학교장은 이사장실의 문 앞 벽에 기대고 있던 입학처장의 앞에 섰다.

　입학처장은 학교장의 눈빛을 마주 보지 못하고 고개를 숙였다.

　학교장이 입을 열었다.

　"지금 무슨 일입니까?"

　"……죄송합니다."

　"지금 무슨 일이냐고 묻잖아요!"

　"……죄송합니다."

　학교장은 손을 들어 이마를 감쌌다.

　희우는 학교장과 이사장 그리고 입학처장을 용의자로 뽑고 있었다. 하지만 사실 학교장인 최만학만큼은 학교의 입시비리에 연루되어 있지 않았다.

　학교장은 입학처장을 보며 고개를 저었다. 그리고 다시 물었다.

　"시사 프로그램 예고편에서 나온 말이 사실입니까?"

　"……네, 아마 그럴 겁니다."

　그때 이사장실의 굳게 닫힌 문 안에서 이사장의 목소리가 들려왔다.

　"교장 선생님, 잠시 들어와 보세요. 입학처장도 들어오고요."

　학교장 최만학은 굳은 표정으로 이사장실의 문을 열었다.

　학교장이 이사장 책상 정면에 섰고 입학처장은 그 뒤에서 고개를 숙이고 있었다.

이사장은 능글맞은 미소를 지으며 학교장을 바라봤다. 몹시도 기분 나쁜 미소에 교장은 눈살을 찌푸릴 수밖에 없었다.

잠깐의 침묵이 이어진 후, 먼저 입을 연 것은 이사장이었다.

"교장 선생님, 지금 이 문제가 나와 입학처장만의 문제라고 생각하십니까?"

학교장이 고개를 저었다.

"학교의 문제지요. 잘못한 사람이야 법대로 벌을 받으면 되겠지만 학생들은 어떻게 되겠습니까? 교사들은 어떻게 되겠습니까? 학생들이 제대로 생활할 수 있겠습니까? 아니면 교사들이 제대로 수업할 수 있겠습니까?"

이사장이 빙긋이 미소 지었다.

"그래서 저는 아무것도 없던 일로 만들 겁니다. 그러니까 걱정 말고 좋은 선생 놀이나 계속하세요."

"어떻게 아무것도 없던 일이 됩니까? 지금 시사 프로그램을 향해 사람들이 얼마나 관심이 쏠려 있는지 몰라서 그러신 겁니까?"

이사장이 고개를 끄덕였다.

"다시 물어볼게요. 잘못을 입학처장과 나만 했습니까?"

"……!"

"사실 법대로 가면 난 걸릴 게 없어요. 학교 운영은 교장 선생님이 알아서 하는 일입니다. 그리고 지금 문제가 되는 입시 문제 역시 교장 선생님과 입학처장이 최종 승인자입니다."

학교장의 눈썹이 꿈틀거렸다. 대부분 학교 운영의 최종 결정권은 물론이고 특히 입시에 관한 것만큼은 이사장이 하고 있었다.

힘없는 교장, 그에게 죄가 있다면 최종적으로 도장을 찍은 것뿐.

이사장이 계속 말했다.

"그리고 잘 몰라서 알려 주는 건데, 학교장도 우리와 함께 돈을 먹었잖아요?"

교장의 눈동자가 흔들렸다.

돈을 먹었다니?

들도 보도 못한 일이었다.

약 20여 년 전, 학부모가 건네주는 촌지가 일상이었던 시절이 있었다. 그때도 교장은 학부모에게 돈을 받지 않았다. 그런데 돈을 먹었다니?

황당해하는 얼굴의 교장을 보며 이사장이 빙긋이 웃었다. 그리고 말했다.

"내가 종종 당신 아내의 통장에 돈을 꽂아 줬거든."

"……!"

"당신 통장도 아니고 아내 통장으로 들어온 돈. 왜 그랬을까?"

"지금 그게 무슨 말입니까?"

"난 당신 아내에게 이렇게 말했어요."

이사장은 학교장 최만학의 아내에게 전화를 걸었다. 그리고 말했다.

—교장 선생님이 열심히 하고 있으니 보너스를 주고 싶습니다. 하지만 교장 선생님의 통장에 돈이 들어가면 생활비에 쓰지 않고 또 어려운 학생들을 도와줄 것 아닙니까? 그래서 사모님의 통장으로 몰래 드리고 싶습니다. 어려운 생활비에 보태 쓰십시오.

아내는 물론 감사하다는 인사와 함께 출처가 불분명한 돈을 받았을 게 분명했다.

이사장의 말을 들은 학교장은 순간 다리의 힘이 풀려 쓰러질 뻔했다.

그런 최만학을 보며 이사장이 다시 여유 넘치는 목소리로 천천히 말했다.

"검찰에서 통장을 확인하면 그걸 보너스라고 생각할까요, 아니면 비리에 연루된 증거라고 생각할까요?"

"……"

"지금 교장 선생님이 취해야 할 포지션이 무엇일까요? 정의롭게 학교의 비리를 폭로하고 검찰에 통장이 걸려 불명예스럽게 감옥에 가는 것일까요? 아니면 우리와 손잡고 몇 년후에 명예롭게 교단에서 내려와 연금이나 받아먹으며 편안히 살다가 죽는 것일까요?"

교장은 아무 말도 하지 못했다. 그저 주먹을 꽉 쥔 채 부르르 떨 뿐이었다.

이사장이 빙긋이 웃으며 말했다.

"생각할 필요가 뭐 있습니까? 그냥 끄덕이세요."

교장은 어떤 행동도 하지 않았다.

그런 교장을 보며 이사장이 말을 이었다.

"끄덕이는 것도 싫고 불명예도 싫다면 지금처럼 입 닫고 힘없는 교장으로 가만히 있으세요."

학교장은 고개를 숙이고 이사장실을 빠져나갔다.

뒤이어 따라 나가는 입학처장을 향해 이사장이 입을 열었다.

"잘 감시하도록 하세요. 어쩌면 최만학 교장이 우리를 살려 줄 수도 있으니까."

"······알겠습니다."

이사장이 입학처장을 보며 빙그레 미소 지으며 말했다.

"고소한 놈들을 찾아가서 돈 던져 주는 것도 잊지 말고요."

"······네."

입학처장은 한숨을 내쉬며 고개를 숙이고 이사장실을 떠났다.

이사장실의 앞에서는 최만학 교장이 입학처장을 기다리고 있었다.

학교장 최만학이 입학처장을 보며 말했다.

어게인
마이라이프
SEASON2

"건호야."

송건호, 입학처장의 이름이었다.

그 역시 고등학교 윤리 선생으로 교단에 몸담은 사람.

학교장 최만학과는 같은 대학 선후배로서 끈끈한 정을 가지고 오랜 시간 교단에 함께 있던 사람이었다.

그만큼 송건호 입학처장은 학교장 최만학에게 미안할 수밖에 없었다.

학교장이 말했다.

"밤에 술이나 한잔하자."

"알겠습니다."

눈을 마주칠 수 없던 입학처장은 고개를 숙이고 대답할 수밖에 없었다.

그날 저녁, 사무실에 앉아 있던 희우는 한 통의 전화를 받았다.

상만이었다.

—흥신소 애들에게 연락 왔습니다. 지금 학교장하고 입학처장이 함께 학교를 빠져나갔다고 합니다.

"위치 파악 부탁해."

—네, 알겠습니다.

희우는 전화를 끊고 사무실을 빠져나갔다.

차량에 올라탄 희우는 다시 핸드폰을 확인했다.

상만에게 문자가 와 있었다.

학교에서 조금 떨어진 한식집으로 두 사람이 들어갔다는 것이었다.

그 시각, 학교장 최만학과 입학처장 송건호는 한 방에 마주 앉아 있었다.

학교장이 술병을 들어 상대의 잔을 채우며 입을 열었다.

"도대체 무슨 일이야? 자세히 이야기해 줄래?"

사건에 개입하지 않았으니 학교장이 알고 있는 것은 단편적일 수밖에 없었다. 그래서 입학처장에게 물어보려 했으나 그는 망설이고 있었다.

"그…… 그게……."

입학처장이 망설이자 학교장은 한숨을 내쉬었다. 그리고 말했다.

"듣고 싶어서 그래, 도대체 무슨 일이 일어났는지. 교장이나 입학처장이라는 직함은 떼 버리고 교육에 몸담은 선배로서 묻고 있는 거야."

입학처장은 무거운 한숨과 함께 그동안 일어났던 일을 이야기했다.

　기업가 또는 정치가, 당연하지만 자기 자식이 어린 시절부터 좋은 친구라는 이름으로 인맥 쌓기를 원했다.

　그들은 한국 외국어 중학교에 들어오기를 원했고 이사장은 입학처장과 함께 적극적으로 그들을 합격시켰다.

　돈이 많은 사람이 학교에 들어오면 재정이 탄탄해지는 것은 물론이고 상상할 수 없는 막대한 돈을 뒤로 챙겨 받을 수도 있었다.

　입학처장이 말을 이었다.

　"선배도 알잖아요. 우리 딸이 아픈 거."

　입학처장은 돈이 필요했기 때문에 어쩔 수 없이 이사장의 계획에 동참하고 돈을 받았다고 말했다.

　학교장은 가만히 입학처장을 바라봤다. 그의 눈빛에는 연민, 한심 등 복잡한 감정이 담겨 있었다.

　입학처장은 고개를 숙였다. 그가 학교장에게 할 수 있는 말은 '죄송합니다.'가 전부였다.

　학교장 최만학은 답답한 듯 술잔을 들어 입에 털어 넣었다.

　입학처장이 다시 말했다.

　"이사장이 선배님까지 엮을 줄은 정말 몰랐어요."

　학교장이 고개를 저었다.

　"너나 나나 속된말로 하면 힘없는 바지 사장일 뿐이야."

　입학처장이 말했다.

"너무 걱정하지 마세요. 방송사가 움직인 이상 조용히 넘어가지는 않겠지만 그래도 잘 해결될 거니까요."

"……."

"고소한 사람들에게 돈을 찔러주고 뒤에서 합의를 보면 잘 해결될 거라고 이사장이 그랬어요. 언론이나 나머지 일도 이사장이 알아서 할 겁니다."

"언론을 이사장이 알아서 할 수 있다고?"

입학처장이 고개를 끄덕였다.

"대한민국에 돈으로 안 되는 게 뭐가 있겠습니까?"

입학처장의 말에 학교장의 미간이 찌푸려졌다.

"돈이면 안 되는 게 없다고?"

학교장 최만학은 마음에 들지 않는다는 눈빛으로 입학처장을 바라봤다.

젊은 시절에는 그도 꽤 열정적인 교사였다.

하지만 결혼을 하고 딸이 아프면서 돈이 필요해졌다. 그리고 변하기 시작했다.

'촌지를 받던 그때 말릴걸.' 하고 후회했지만 이미 늦어 버렸다.

학교장은 잔을 손에 들고 고개를 절레절레 저었다.

"돈이 뭔지."

돈이 뭔지 사람을 이렇게 변하게 했을까.

열정적이었던 교사는 이제 돈에 찌든 중년의 노인이 되었을 뿐이다.

그때 두 사람이 있는 방의 미닫이문이 '드르르륵' 하고 활
짝 열렸다.

문 앞에 나타난 사람은 희우였다.

갑자기 나타난 희우를 확인한 학교장과 입학처장.

두 사람의 눈빛은 떨리고 있었다.

그들을 보며 희우가 말했다.

"잠시 합석 좀 해도 되겠습니까?"

당연하지만 두 사람은 대답이 없었다.

아직 멍하니 바라볼 뿐이었다.

그들의 대답을 듣지 않았지만 희우는 성큼성큼 들어와 테이
블의 끝에 앉아 두 사람을 번갈아 바라봤다. 그리고 말했다.

"사람이 왔으면 한잔 따라 주셔야 하지 않겠습니까?"

멍하니 희우를 바라보던 교장이 자신의 술잔을 들어 희우
의 앞에 놓았다. 그리고 술병을 들었다.

희우가 잔을 들자 쪼르르 술이 따라졌다.

잔이 채워지자 교장이 입을 열었다.

"……김희우 변호사님 맞으시죠?"

"네, 부근에 왔다가 우연히 들르게 되었습니다."

교장은 고개를 끄덕였지만 우연히 들렀다는 말을 믿지는
않았다.

그들이 있는 곳은 방이었다. 문을 일일이 열지 않고는 안

에 누가 있는지 알 수 없었다. 그리고 그들의 목소리를 희우
가 알 리도 없었다.

희우는 교장이 채워진 잔을 들어 술을 마신 후 이번엔 입
학처장의 잔을 자신의 앞으로 가지고 오며 말했다.

"그쪽이 입학처장님이시죠? 만나서 반가운데 한잔 주십시오."

입학처장의 손이 가늘게 떨렸다.

자신들을 고소한 변호사와 마주 앉아 있으니 심장이 쿵쾅
거릴 정도로 떨릴 수밖에 없었다. 하지만 그는 떨림을 꾹 참
고 술병을 들어 희우의 앞에 있는 잔에 술을 채웠다.

잔이 채워지자 희우는 한 번에 목으로 넘겼다. 그리고 슬
쩍 미소 지으며 말했다.

"비싼 술이라서 그런가, 술맛이 좋군요."

전혀 비싸지 않은 술이었다.

그들이 마시고 있던 것은 시중에서 쉽게 볼 수 있는 소주
였다.

희우가 말을 이었다.

"홍길동에서 보면 이런 말이 있지요, 술은 백성의 피라고.
그럼 교장 선생님과 입학처장님이 마시는 이 술은 뭘까요?
학생의 피인가?"

학교장 최만학의 얼굴이 구겨졌다.

그는 노기 어린 눈빛으로 희우를 보며 말했다.

"지금 시비를 걸기 위해 온 거요?"

희우가 고개를 저었다.

"아뇨, 가볍게 한 말씀 드리려고 왔습니다. 잠시 들어 주시겠습니까?"

"……"

"죄송하지만 두 분에 대해서 조금 알아봤습니다. 평생을 교직에 몸담은 분들이더라고요. 물론 지금은 돈에 몸담고 있지만요."

희우는 아슬아슬하게 상대의 신경을 긁으며 이야기를 진행하고 있었다.

상대를 설득할 때 사용하는 가장 기초적인 방법은 감정을 무너뜨리는 것이다. 어떤 형태로든 감정이 무너지면 논리적이지 않은 말에도 흔들릴 수밖에 없는 게 사람인 탓이다.

그리고 지금 교장은 '화'라는 이름으로 흔들렸고 입학처장은 '두려움'이라는 이름으로 흔들리고 있었다.

그 틈을 놓치지 않고 희우가 말했다.

"제가 이사장을 찾아가지 않고 두 분을 찾아온 것은 단 하나입니다. 두 분은 교단에 서서 학생들을 본 적이 있지만 이사장은 그래 본 적이 없으니까요."

희우가 한 말은 '너희 두 사람이 비리를 저지르기는 했지만 그래도 이사장과 달리 교육자다.'라는 뜻이었다.

희우가 말을 이었다.

"학교를 그대로 내버려 두겠습니까? 두 분만 제 손을 잡아 준다면 최대한 온전한 모습으로 만들 수 있습니다."

희우의 눈이 입학처장을 향했다. 그의 날카로운 눈빛에 입학처장은 순간 움찔거렸다.

희우가 입학처장을 향해 나직이 입을 열었다.

"소송을 건 사람들에게 뒷돈을 넣어 취하해 달라고 할 생각이죠?"

"……!"

입학처장의 눈동자가 흔들렸다.

그는 이사장의 지시를 받아 고소인에게 돈을 주고 고소를 취하할 생각을 하고 있었다.

그런데 희우는 모든 것을 알고 있는 것 같았다.

입학처장이 침을 꿀꺽 삼키자 희우가 더 낮은 목소리로 물었다.

"그런데 가능할 거라고 보십니까?"

입학처장은 자신도 모르게 고개를 저었다.

"아…… 아니요."

희우가 장난스레 웃기 시작했다.

"하하, 진짜로 그렇게 생각하고 계셨나 보네요? 그게 진짜 될 거라고 생각하고 있었다면 너무 웃긴데요? 방송이 나가면 한국 외국어 중학교를 떨어진 학생 중 의혹이 있는 사람들은 들고일어나지 않을까요?"

"……!"

"왜요? 그 학생들에게 일일이 찾아가서 돈 주려고요?"

입학처장은 고개를 숙였다.

희우가 그를 향해 바짝 몸을 당겨 앉은 후 나직이 입을 열었다.

"저는 이 사건을 최대한 속전속결로 끝낼 겁니다. 질질 끌면 끌수록 더 확실하게 이길 수 있는 많은 방법이 생기겠지만 그렇게까지 하지는 않을 거예요. 왜일 것 같습니까?"

희우의 강압적인 말투에 입학처장이 고개를 저었다.

"……제가 어떻게 압니까?"

"모르면 알려 드려야지요. 그 이유는 바로 당신들이 가르치고 있는 그 학생들이 최대한 적게 상처 받게 하기 위해서입니다. 길게 끌수록 피해를 보는 것은 일선의 교사와 학생이니까."

희우가 자세를 고쳐 앉으며 슬쩍 웃어 보였다. 그 미소는 방금과 달리 사람 좋아 보이는 미소였다. 그리고 말을 이었다.

"이것도 재밌네요. 학교랑 전혀 관계없는 일개 변호사도 이렇게 하는데 학생의 미래를 가꿀 수 있는 선생님들은 어떤 생각을 하고 있을까요?"

교장과 입학처장은 아무 말도 없었다.

희우는 자신의 앞에 있던 술잔을 교장과 입학처장의 앞에 돌려 두며 말했다.

"설마 선생님들께서 학생들에 대한 걱정은 전혀 하지 않은 채, 자신의 안위만 걱정하고 계시지는 않겠죠?"

학교장과 입학처장은 굳은 얼굴로 어떤 말도 하지 않은 채 자신들의 앞으로 돌아온 술잔을 바라볼 뿐이었다.

희우는 술병을 들어 그들의 잔에 채우며 계속 말했다.

"학생의 피로 만든 술은 맛있게 드십시오."

그 말을 끝으로 희우는 차갑게 일어섰다.

문을 열고 밖으로 나가는 희우. 그때까지도 교장과 입학처장은 어떤 말도 하지 않았다.

밖으로 나간 희우가 미닫이문을 완전히 닫기 전 마지막으로 입을 열었다.

"혹시나 양심이 남은 선생님, 그래서 학생들을 위해 마지막을 불태우실 선생님은 KMS로 전화를 주시면 됩니다. 그분께는 형사로 넘어갔을 때 제가 변호해 드리도록 하죠."

그리고 '쾅!' 하고 문이 닫혔다.

문밖에 선 희우는 슬쩍 미소 지었다.

그가 굳이 두 사람을 만나기 위해 온 이유. 그것은 그들은 이미 소송장을 받은 때이기 때문이다.

당연히 상대가 김희우라는 것을 그들은 알고 있다. 이런 상황에서 몸을 숨기고 묵묵히 있기보다는 하나의 씨앗을 심어 두는 게 좋다고 판단했다.

그리고 희우가 심어 놓은 씨앗은 입학처장과 학교장의 사이에서 자라나는 중이었다.

입학처장 송건호가 교장 최만학에게 말했다.

"김희우 변호사에게 찾아가거나 하지는 않으실 거죠?"

의심이었다.

이사장, 입학처장과 달리 교장은 이 사건에서 한 발자국 물러선 사람이나 다름없으니까.

입학처장의 말에 학교장의 미간이 찌푸려졌다.

사실 그는 희우가 했던 말에 전혀 동요하지 않고 있었다.

아내가 돈을 받았다고 하지만 그는 스스로가 떳떳했기 때문이다.

교장이 술잔을 들어 올리며 말했다.

"내가 지은 죄는 학교장으로서 학교에서 일어나고 있는 비리를 놓치고 있었다는 것. 모든 선생들 및 학생들의 귀와 입으로 소문이 돌고 있었는데 그것을 파악하지 못했다는 것이야."

"……."

"학교를 잘 이끌어 나가지 못한 책임을 질 생각을 하고 있으니까 내가 변호사를 찾아가든 검사를 찾아가든 상관하지 마."

"……!"

"넌 어떻게 할래? 학생들에게 부끄러운 선생으로 남지 않았으면 좋겠다."

교장의 말에 입학처장의 귀가 벌겋게 달아올랐다.

부끄러울 수밖에 없었다.

그런 입학처장을 두고 학교장은 자리에서 일어서며 말을 이었다.

"김희우 변호사 말을 들어 보니까 증거 같은 것은 다 가지

고 있는 것 같은데, 여기까지만 하자. 더 끌어 봤자 추태만
보일 뿐이야."

입학처장은 아무 말도 하지 않았다.

드르륵, 문이 열리고 학교장이 나갈 때까지 입학처장은 고
개만 숙이고 있었다.

잠시 후, 입학처장 송건호는 병원의 한 병실 앞에 섰다.

병실 문에 적힌 환자의 성명, 송나연. 바로 딸의 이름이었다.

가만히 병실 문을 바라보고 있는 그의 귓가에 병실 복도의
끝에서 슬리퍼를 끄는 소리가 들렸다.

고개를 돌려보자 아내가 대야에 물을 담은 채 걸어오고 있
었다.

이제는 주름이 자글자글한 아내의 얼굴.

아내는 입학처장 송건호의 앞에 서서 피곤한 얼굴로 입을
열었다.

"왔어요?"

"어."

"술 드셨나 보네요."

"어."

"나연이 보고 갈 거예요?"

입학처장은 고개를 저었다.

입학처장의 딸은 불치병을 가지고 태어났다.

몸의 기능이 서서히 멈추는 병이었다.

이제는 미각을 잃고 청각과 시각, 후각을 잃어 가고 있었다.

입학처장은 아이가 맡는 아빠의 마지막 냄새가 술 냄새가 되게 하고 싶지는 않았다.

입학처장은 아내가 들고 있는 대야를 보며 물었다.

"그건 뭐야?"

"열이 조금 있어서요. 식혀 주라고 해서."

"알았어. 어서 들어가서 해 줘."

아내는 피곤한 얼굴로 입학처장의 얼굴을 바라봤다. 그리고 낮게 한숨을 내쉬며 병실 안으로 들어갔다.

닫힌 병실의 문.

입학처장은 벽에 기댄 채 닫힌 문을 보다가 살짝 눈을 감았다.

열여섯 살의 딸은 평생을 병원에서만 보내 왔다.

막대한 병원비.

학교 선생의 월급으로는 감당하기 어려웠다.

평생 교직에만 몸담았던 한 아이의 아버지가 선택한 것은 뒷돈이었다.

그렇게 아이의 병원비를 감당해 오던 입학처장. 그런데 얼마 전, 희박한 확률이지만 이 병을 고칠 수 있는 의사가 미국에 있다는 소리를 들었다.

하지만 대기자가 많아 2년 정도의 시간이 걸린다고 했다.

그 시간까지만 견디면 된다.

2년이다.

15년을 견뎠는데 단 2년 정도야.

병을 고치기만 한다면 아이와 함께 놀이동산도 가고 공부
도 시켜 주고 싶었다.

벽에 기댄 입학처장의 몸이 스르르륵 무너져 내리며 감겨
있던 입학처장의 눈에서 눈물이 흘러내렸다.

'어쩔 수 없는 일이야. 조금만 더.'

다음 날, 입학처장 송건호는 이사장실에서 이사장과 마주
앉아 있었다.

입학처장 송건호가 이사장에게 말했다.

"어제 김희우 변호사를 만났습니다."

"……!"

"교장과 만나 이야기하고 있는데 우연히 마주쳤습니다."

이사장은 아주 흥미로운 눈빛으로 입학처장을 바라봤다.

입학처장이 말을 이었다.

"김희우 변호사는 우리가 고소자들을 만나 합의할 것을 예

상했습니다."

"그래서?"

"방송이 나가면 그 학생들 외에도 더 많은 피해자가 들고 일어날 것이라고 헛수고하지 말라고 했습니다. 다른 방법을 찾아야 할 것 같습니다."

이사장의 주름진 손이 '쾅!' 하고 테이블을 내리쳤다.

몹시도 분노한 이사장의 눈빛이 입학처장 송건호를 쏘아 보고 있었다.

"나가서 일이나 봐."

입학처장은 이사장을 향해 고개를 숙인 후 이사장실을 벗어났다.

홀로 남은 이사장은 무거운 한숨을 내쉬며 전화기를 들었다 놨다 했다. 뭐가 그리 불안한지 들고 있는 볼펜으로 '탁탁탁' 하고 책상을 내려치기도 했다.

그리고 결정했는지 핸드폰을 들어 버튼을 눌렀다.

전화가 향하는 곳은 제왕 그룹 천호령 회장의 첫째 아들 천지용 본부장이었다.

잠시의 신호 음이 이어지고 통화가 연결되었다.

받은 사람은 천지용 본부장이 아닌 그의 비서였다.

이사장이 낮은 목소리로 입을 열었다.

"지금 시사 프로그램에서 우리 학교 입학 비리에 대해 폭로하겠다고 합니다. 그리고 김희우 변호사도 지금 우리 학교를 상대로 소송을 걸었습니다. 도움이 필요합니다."

이사장의 다급한 말과 달리 수화기 너머에서는 건조한 음성이 흘렀다.

─걱정이 많으시겠습니다. 해결 방법은 있습니까?

해결 방법이 있으면 굳이 전화할 생각을 했을까?

비서의 심드렁한 목소리에 이사장은 하마터면 욕설을 내뱉을 뻔했다. 하지만 화를 꾹 눌러 참으며 말을 이어 나갔다.

"지금 저희에게는 방법이 없습니다. 그런데 우리가 걸리면 제왕 그룹에도 문제가 생기지 않습니까?"

─우리에게 문제가 생긴다뇨?

모른 척 잡아떼는 비서.

전화기를 쥐고 있는 이사장의 손은 파르르 떨렸다. 그리고 '뚝' 전화가 끊겼다.

이사장은 허망한 표정으로 전화기를 바라보고 있었다.

하지만 그의 허망한 표정은 오래가지 않았다.

그날 저녁, 이사장실로 찾아온 사람이 바로 천지용 본부장의 비서였기 때문이다.

비서는 살짝 고개를 숙여 인사하며 말했다.

"낮에 했던 결례를 사과드립니다. 요즘 전화는 녹음 기능이 있어서 위험한 일에 대해 전화로 상의하기가 어려웠습니다."

"네?"

이사장은 눈을 깜박이며 비서를 바라봤다.

비서는 이사장실의 소파에 자연스레 앉으며 말을 이었다.

"핸드폰을 비롯한 가지신 것을 테이블에 올려 주십시오. 이 역시 혹시나 모를 녹음을 방지하기 위함입니다."

"네? 네."

이사장은 귀신에 홀린 것 같은 표정으로 핸드폰을 테이블 위에 올려 뒀다. 그러자 비서가 다시 입을 열었다.

"시사 프로그램은 이미 예고까지 나갔기 때문에 우리도 멈출 수 없습니다. 하지만 최대한 압박을 넣어 내용을 최소화할 수 있습니다."

"……."

"그런데 그렇게 한다고 해도 언 발에 오줌 누기입니다."

한국 외국어 중학교에 관한 시사 프로그램의 내용을 축소시킨다고 해도 문제는 그 내용을 대중이 본다는 것이었다.

중학교 입시 비리로 얼룩진 '귀족 학교'라는 이름은 대중에게 충분히 자극적인 소재니까.

사람들은 일상생활에 지쳐 있고 평생 '을'이라는 이름으로 살아 분노가 쌓여 있는 법이었다.

그런 사람들이 분노를 학교로 돌릴 것은 분명한 일이었다.

그럼 당연히 검찰이 움직여 학교의 비리가 낱낱이 까발려질 것이다.

비서가 말했다.

"이 모든 것을 조용히 넘어갈 방법이 하나 있습니다."

"그게 뭡니까?"

이사장은 가만히 비서의 눈을 집중했다.

비서가 지금까지보다 더 낮은 목소리로 입을 열었다.

"한 명이 모든 것을 책임지고 목숨을 끊는 것입니다."

"네? 책임지고 목숨을 끊는다니요?"

이사장은 눈을 크게 떴다. 그의 눈동자가 심하게 흔들리고 있었다. 하지만 비서의 눈은 차가웠다.

이사장이 더듬더듬 물었다.

"자살하라고 시키라는 겁니까?"

비서가 고개를 저었다.

"자살로 위장시키는 겁니다."

이사장은 긴장된 침을 꿀꺽 삼켰다.

"살인하자는 겁니까?"

떨리는 눈의 이사장. 하지만 비서는 가볍게 고개를 끄덕였다. 그리고 말했다.

"대한민국은 죽음에 관해 신기할 만큼 아주 관대합니다. 학교의 누군가가 나와 책임지고 목숨을 끊는다면 여론은 뒤집힐 겁니다. 그 방송은 우리가 하지요."

제왕 그룹의 계열사 중 케이블 방송사가 하나 있다. 비록 케이블이기는 했지만 공중파에 밀리지 않을 만큼의 시청률이 나오는 방송사였다.

비서가 말했다.

"한 참된 교육자가 잘못된 언론 보도 때문에 모든 책임을 지고 스스로 목숨을 끊었다는 비극으로 만들어 보겠습니다."

이사장은 큰 숨을 들이마셨다.

사람을 죽인다니, 뭔가 잘못되었다는 생각이 들었다. 하지만 벗어나기엔 늦었다. 이미 포식자의 아가리에 얼굴을 들이민 상황이었다.

이사장이 더듬거리며 입을 열었다.

"제가 못 하겠다고 하면 어떻게 되지요?"

그 말에 비서가 피식 웃으며 말했다.

"상관없습니다. 저는 제왕 그룹이 피해 받지 않을 두 가지 방안을 생각하고 왔습니다. 첫째가 천지용 본부장님의 아들 천수영을 다른 나라로 전학시키는 겁니다. 하지만 자라나는 아이에게 갑작스레 바뀐 환경에 적응시키고 싶지 않았습니다."

이사장은 비서가 무슨 말을 하는지 몰라 멍하니 보고 있었다.

비서가 말을 이었다.

"두 번째가 방금 말씀드린 자살 위장입니다."

이사장은 이마에 맺히는 땀을 닦았다.

더운 날씨도 아닌데 왜 이리 땀이 나는지 모르겠다.

비서가 계속 말했다.

"문제를 해결해 가는 과정에서 사람들은 많은 고민을 합니다. 이렇게 하면 어떻게 될까? 하지만 사람들이 가진 선택지는 상당히 적습니다. 용기도 없고, 돈도 없고, 힘도 없지요.

결국 선택은 거기서 거기입니다."

비서의 날카로운 눈, 살기가 흐르고 있었다.

이사장은 자신도 모르게 긴장된 침을 꿀꺽 삼켰다.

비서가 말했다.

"하지만 위에 계신 분들은 다릅니다. 가장 빠르고 효과적인 길을 찾습니다."

빠르고 효과적인 길이 살인이란 뜻.

비서의 입가에서 차가운 미소가 흐르며 말을 이었다.

"대한민국 살인 사건이 평균 500건, 미수는 350건. 경찰의 살인 사건 검거율은 96.5%."

"······!"

"나머지 3.5%는 잡지 못한 일입니다. 하지만 우리는 살인 사건의 통계에 들어가 있지 않습니다. 즉, 절대 잡히지 않습니다."

"하하."

이사장의 입에서 바보 같은 웃음이 흘러나왔다.

현실성 없는 이야기를 듣고 있으니 당연한 일이었다.

비서가 계속해서 말했다.

"방금 못하겠다고 하면 어떻게 될지 물어보셨지요?"

"······네."

"이사장님이 스스로 목숨을 끊는 역할을 하게 될 겁니다."

이사장은 긴장된 숨을 들이마셨다.

비서의 눈을 보고 있으면 그 말이 진심이라는 것을 바보라도 알 수 있었다.

비서의 눈빛을 앞에 두고 '나, 못 하겠소.'라는 이야기를 했다가는 자칫 자신의 목숨이 위험할 수도 있었다.

이사장을 보며 비서가 말을 이었다.

"일정을 말씀드리겠습니다. 이사장님은 참된 교육자를 찾아 주십시오. 그리고 그 교육자가 목숨을 끊는 날은 시사 프로그램의 방송이 시작되는 날입니다."

방송이 시작되기 전에 목숨을 끊는다면 이게 뭔가 하고 더 많은 사람들이 방송을 보게 될 것이다.

하지만 방송이 나간 직후, 한 사람의 교육자가 '언론은 조작되었습니다.'라는 유서를 적어 두고 목숨을 끊는다면?

언론에 대해 불신하고 있던 사람들은 시사 프로그램의 욕을 할 것이다.

그렇게 되면 학교에 대한 비난은 자연스레 사라지게 된다.

비서가 계속 말했다.

"그럼, 말씀해 주십시오. 비리의 의혹을 받는 사람 중 착한 사람이 누가 있습니까?"

이사장은 손수건을 꺼내 땀을 닦으며 생각하기 시작했다.

비서가 다시 입을 열었다.

"선생이나 학생들의 신임을 얻고 있는 사람이면 더 좋습니다."

이사장의 머릿속에 교장의 얼굴이 스쳐 지나갔다.

학교장은 비록 범죄에 가담하지는 않았지만 직급의 특성

상 의혹을 받지 않을 수 없는 사람이었다. 게다가 교사들과의 관계도 나쁘지 않고 계속해서 월급의 상당 부분을 꾸준히 기부하고 있었다.

이사장의 얼굴을 본 비서가 슬쩍 미소 지었다. 그리고 말했다.

"생각하고 있는 사람이 있나 보군요. 그럼 부탁드릴 일이 있습니다."

"부…… 부탁요?"

"타살을 자살로 위장해야 하는 일입니다. 주변인의 도움이 없고는 쉽게 할 수 없는 일입니다. 시사 프로그램이 방영하는 것은 일요일 밤, 그러니 방영이 시작되기 전까지 그 사람의 집 구조 사진을 주십시오."

이사장은 비서의 말을 들으며 떨리는 손으로 찻잔을 들어 물을 마셨다.

건조한 입안은 물이 들어가도 적셔지지 않는 기분이었다.

비서가 말했다.

"그리고 일요일, 해당 사람을 제외한 다른 가족들을 집 밖으로 내보내 주셔야 합니다."

"그…… 그걸 어떻게…….."

집 구조의 사진을 찍는 것은 조금 어렵기는 해도 불가능한 일은 아니었다. 하지만 일요일 밤에 가족들을 집 밖으로 내보내야 한다니, 그건 힘든 일이었다.

이사장의 질문에 비서는 차갑게 웃으며 말했다.

"이사장이라면 여러 가지 권한이 있지 않나요? 예를 들어 교직원 가족 여행을 보낼 수도 있지 않습니까? 거기서 한 교사는 일이 있어서 먼저 서울에 오게 되는 겁니다. 나머지 사람들은 집에 돌아오기 위해 저녁 늦게 출발하지만 차가 밀려 쉽게 오지 못하고요."

이사장은 무거운 한숨을 내쉬며 고개를 끄덕였다.

"무슨 말씀을 하시는 건지 잘 알겠습니다."

이사장의 머릿속에는 많은 생각이 오가고 있었다.

지금 일어나는 살인 모의.

이것은 학교의 안위와 제왕 그룹 천호령 회장의 손자를 보호하기 위함이었다.

이제 중학교 1학년이 된 제왕 그룹의 손자가 어떤 마음의 상처도 받지 않게 하기 위해서였다.

비서가 떠나자 이사장은 한동안 그 자리에 앉아 큰 숨을 내쉬었다. 그리고 자리에서 일어나 학교의 운동장이 보이는 창가에 서서 중얼거렸다.

"여우 피하려다가 호랑이를 만났다. 딱 내 꼴을 말하는구나."

그 시각, 변호사 사무실에 있던 희우의 핸드폰이 울렸다.

상만이었다.

―사장님, 지금 제왕 그룹 첫째 아들 천지용 본부장의 비서가 학교에서 나오고 있다고 합니다.

"수고했다."

희우는 전화를 끊었다. 그리고 방송국 PD에게 전화를 걸었다.

―네, 변호사님. 일정은 차질 없이 진행되고 있습니다.

"혹시 방송에 관한 압력이 들어오거나 하지는 않았나요?"

―그런 건 없습니다. 그저 제왕 그룹 손주에 관한 내용은 제외하라는 지시가 내려왔습니다. 아무리 재벌이라고 해도 열네 살의 어린아이인 만큼 확인되지 않은 사실은 빼라고 하더군요. 저도 생각해 보니 그런 것 같아서 그 내용은 제외하려고 합니다.

희우는 PD와 전화를 끊었다. 그리고 생각에 빠져들어 갔다.

비서가 왔다가 갔다는 것은 제왕 그룹에서도 지금의 일을 잘 알고 있다는 뜻이었다. 그런데 단순히 천호령 회장의 손주 이야기만 뺄 뿐 다른 것은 방송하도록 순순히 놔둔다는 것이 이상했다.

'다른 방법이 있나? 아니면 문제가 생겼을 때 전학을 가면 그만이라고 생각하나?'

희우의 머릿속은 빠르게 회전했다.

수만 가지의 생각이 혼란스럽게 움직이고 있었다.

희우가 생각하는 방식은 최악과 최선을 두고 그 중심을 채워 나가는 방법이었다.

때로는 그의 생각에서 벗어난 일도 많았지만 보통 사람들은 그 선에서 크게 어긋나지 않고 움직였기 때문이다.

학교의 최선은 방송을 막고 고소인들과 합의해서 취하하는 것.

제왕 그룹의 최선 역시 거기서 크게 어긋나지 않으리라고 생각했다.

생각을 마친 희우는 고개를 저었다.

답이 나오지 않았다.

순간, 희우의 얼굴이 굳어졌다.

'설마……'

생각이 닿은 곳은 살인을 통한 분위기 반전과 입막음이었다.

살인은 자살로 위장되고 사람들 사이에서는 미담으로 회자하게끔 만드는 수법.

바로 한상제 변호사를 상대로 그들이 행했던 일이었다.

'가능성이 있어.'

희우의 눈이 차가워졌다.

충분히 가능하리라고 생각했다.

지금 희우가 제왕 그룹과 본격적으로 얽히게 된 한상제 변호사. 그 역시 자살로 위장된 살인이었으니까.

사람을 죽이면 간단히 끝날 수 있는 사건은 세상에 많이 존재하고 있었다.

그리고 그런 일을 서슴지 않고 손을 대는 사람들.

자신들이 법 위에 서 있다고 착각하는 사람들.

희우의 주먹이 꽉 쥐였다.

잠시 생각하던 희우는 전화기를 들어 올렸다.

상만에게 향하는 전화였다.

"학교 앞만 감시하지 말고 교장하고 입학처장에게도 사람을 붙여 줘."

-네, 알겠습니다.

희우는 상만과의 전화를 끊었다. 그리고 다른 번호를 눌렀다. 이번엔 윤수련 검사였다.

"한상제 변호사 자살에 관한 자료, 나온 것 있습니까?"

-쉽지 않아요. 아직 없습니다.

윤수련은 혹시 모를 도청에 말을 아끼고 있었다.

"알겠습니다. 나중에 만나서 이야기하죠."

희우는 전화를 끊었다.

어쩌면 한상제 변호사의 자살 사건에 숨겨져 있던 의혹이 풀릴 수도 있을지 모른다는 생각이 들었다.

며칠 후, 한국 외국어 중학교.

교장, 교감, 학생 주임 등 높은 직책에 앉아 있는 교사들은 하나의 공문을 받았다.

학교에서 내려온 것이 아니라 그 위의 재단에서 내려온 공문이었다.

그동안 고생한 주요 직책의 교사들에게 가족 동반으로 남해의 고급 리조트로 여행을 보내 준다는 이야기.

갑작스러운 일정이지만 바쁘더라도 모두 참석해 달라는 하나의 지시였다.

교장 최만학은 공문을 보며 헛웃음을 지었다.

시사 프로그램이 이번 주에 방영되는데 그것에 맞춰 여행을 간다니, 말이 안 된다고 생각했다.

교장은 자리에서 일어나 공문을 들고 이사장실로 걸어갔다.

문을 열고 들어간 교장이 이사장에게 말했다.

"이사장님, 이건 말이 안 되는 것 같습니다."

이사장은 몹시 짜증이 난다는 표정으로 교장을 바라보며 입을 열었다.

"뭐가 말이 안 된다는 거죠?"

평소와 다른 분위기의 이사장. 교장은 뭔가 이상함을 느꼈다. 하지만 그렇다고 해서 해야 할 말을 하지 않을 수는 없었다.

교장이 말했다.

"이번 주말이면 시사 프로그램의 방송이 시작되는 날입니다. 이날 학교 주요 직책의 교사들이 놀러 갔다는 소리를 외부에서 들으면 뭐라고 하겠습니까?"

이사장이 이를 꽉 깨물고 교장을 노려봤다. 그리고 화를 꾹 참으며 말했다.

"그냥 가세요. 가면 되는 겁니다. 옛말에 위기일수록 아무렇지 않은 척 행동하라고 했습니다."

교장은 가만히 이사장을 바라봤다. 도무지 말이 통하지 않을 상대였다. 한숨을 내쉰 교장이 몸을 틀어 이사장실을 벗어났다.

복도를 걷는 교장의 뒤에서 이사장이 책상을 내려치는 소리가 '쾅!' 하고 들려왔다.

분한 표정을 짓던 이사장이 닫힌 문을 보며 나직이 말했다.

"내가 이 학교를 살리기 위해 얼마나 고생하는지도 모르고."

이사장은 부르르 떨리는 손으로 핸드폰을 들어 올렸다. 그의 전화가 향하는 곳은 입학처장 송건호였다.

잠시 후, 입학처장이 이사장실로 들어오자 이사장이 입을 열었다.

"학교에서 이야기하기는 좀 그렇고 우리 둘이 조용히 이야기할 만한 곳이 없나요?"

"조용히요?"

"그래요. 이제 방송이 며칠 앞으로 다가왔습니다. 지금도 학부모들의 항의 전화가 많은 것으로 알고 있어요. 밤말은 쥐가 듣고 낮말은 새가 듣는다고 하지 않습니까? 조용히 이야기할 곳이 필요합니다."

입학처장이 잠시 생각하더니 더듬거리며 입을 열었다.

"학교 근처에 조용한 한식집이 있습니다. 거기는 어떠십니까?"

이사장이 고개를 저었다.

"가게는 위험해요. 누가 어떻게 듣고 있을지 모릅니다."

이후로 입학처장이 몇 곳의 가게를 더 말했지만 이사장은 고개를 저었다.

입학처장이 조금 난처한 얼굴로 말했다.

"도대체 어떤 이야기를 하시려고……."

"위험한 이야기입니다."

"……그럼 우리 집은 어떠신가요?"

"집요?"

"네, 딸애가 아파서 아내도 거의 병원에서 생활하기 때문에 누가 들을 염려는 전혀 없습니다."

잠시 생각에 빠지던 이사장이 고개를 끄덕였다.

"좋습니다. 그렇게 하지요. 집이라면 정말 안심하고 말씀드릴 수 있겠네요."

그날 밤, 낡은 복도식 아파트.

입학처장 송건호는 현관문에 열쇠를 넣고 돌렸다. 그리고 고개를 돌려 이사장을 바라보며 말했다.

"정리가 안 되어 있어서 정말 지저분합니다."

"괜찮습니다. 안전하기만 하면 됩니다."

　두 사람은 집 안으로 들어갔다.

　좁은 거실에는 옷가지가 너저분하게 널려 있었다.

　입학처장 송건호와 이사장은 작은 식탁에 마주 앉았다.

　좁은 공간에서 앉아서 이야기할 만한 공간은 그곳밖에 없었다.

　이사장이 몹시 괴로운 얼굴로 입을 열었다.

"사실 이런 이야기를 의논할 수 있는 사람이 입학처장밖에 없다는 게 저도 좀 서글픕니다."

"편히 말씀하십시오."

"단도직입적으로 말하면 교장이 모든 책임을 지고 죽을 겁니다."

　놀란 표정의 입학처장을 보며 이사장은 무거운 한숨을 내쉬었다. 그리고 말을 이었다.

"저도 어쩔 수 없는 일입니다. 위에서 그렇게 한다고 하니까요."

　이사장은 제왕 그룹이라는 이름을 제외하고 그간 있었던 일을 입학처장에게 털어놓았다.

　이사장도 돈이 많은 집에서 태어났을 뿐, 사람을 죽이고 어쩌고라는 말을 들으면 가슴이 떨리는 평범한 사람이었다.

첫째 천지용의 비서에게 살해 계획을 듣고 며칠간 잠을 제대로 자지 못할 정도니까.

누구에게라도 말하고 싶었다.

이사장이 계속 말했다.

"괴로운 마음에 누군가에게라도 말하고 싶었습니다."

입학처장은 멍한 얼굴로 이사장을 보고 있었다.

난데없이 들은 말에는 전혀 현실감이 느껴지지 않았다.

이사장이 상황을 조금 설명한 후 말을 이었다.

"내가 지금 한 말을 다른 곳에 가서 발설한다면 입학처장은 큰 위험에 처할 겁니다. 상대는 그럴 힘을 충분히 가지고 있으니까요. 부디 입학처장마저 위험에 빠지진 말았으면 좋겠습니다."

입학처장은 멍한 눈으로 고개만 끄덕일 뿐이었다.

그런 입학처장을 보며 이사장이 말했다.

"부탁할 게 있습니다. 교장 선생하고 많이 친하죠?"

"오…… 오랫동안 같이 있었으니까요."

"교장의 집에 가서 집 안의 사진을 좀 찍어 줄 수 있습니까?"

입학처장은 고개를 숙이고 한숨을 내쉬었다.

이사장이 다시 입을 열었다.

"다른 것은 위에서 알아서 한다고 합니다. 입학처장이 할 일은 사진을 찍는 겁니다. 그냥, 선배의 마지막 영정 사진을 찍어 준다는 마음으로 하시면 되지 않습니까? 누구 하나는 책임지고 목숨을 내놓아야 하는 상황입니다. 그렇지 않으면 입학처장이 목숨을 내놓겠습니까?"

목숨을 내놓아야 한다는 말에 입학처장은 침을 꿀꺽 삼켰다.

그리고 다음 날.

학교가 끝날 무렵, 입학처장은 교장실에 들어갔다.

"선배님, 술 한잔하시겠습니까?"

교장 선생님이 아니라 선배님이라고 부르는 입학처장.

교장은 물끄러미 그런 입학처장을 바라봤다.

"못난 놈."

그 말에 입학처장의 입에서 쓸쓸한 미소가 걸렸다.

교장이 자리에서 일어나 재킷을 입으며 말했다.

"가자."

"오랜만에 선배님 집 앞에 있는 막창집에서 소주 한잔 어 떠세요?"

집 근처에서 술을 마시면 교장은 항상 자신의 집에 가서 한 잔 더 하자고 말하는 사람이었다. 입학처장은 교장의 성 화와 취기를 이기지 못해 몇 번 따라갔던 기억이 있었다.

교장의 집 근처 막창집에 마주 앉은 두 사람.

테이블 위에는 소주가 한 병, 두 병 쌓여 가기 시작했다.

교장이 말했다.

"너, 이번에 연수인지 뭔지 갈 거냐?"

"가야죠. 재단에서 움직이는 거라고 하던데요. 가지 않으면 이사장님도 난처해지는 것 같았습니다."

"이사장이 난처해진다고?"

"재단에서 이사장님 별로 좋아하지 않는다고 하잖아요. 학교는 돈이 별로 안 된다고 하면서요."

교장은 잔에 술을 채우고 단번에 입에 털어 넣었다.

"빌어먹을 돈. 교육하는데 돈이 필요한 건 알고 있는데, 그렇게 꼭 돈돈 해야겠냐?"

두 사람은 그렇게 얼큰히 취해 갔다.

그리고 10시쯤 되었을 때, 교장이 비틀거리며 자리에서 일어서면서 입학처장에게 말했다.

"우리 집에서 한 잔 더 하고 가."

일찍부터 마셨기에 이미 취기는 오를 대로 오른 상태였다.

이 모든 것은 입학처장의 계획대로였다.

늦은 밤, 교장이 현관문의 비밀번호를 눌렀다.

삑삑 소리가 나며 문이 열리자 현관에는 교장의 아내가 서 있었다.

늦은 시간이었지만 교장의 아내는 싫은 내색 없이 입학처장과 교장을 반겼다.

"온다는 이야기 듣고 과일 깎아 뒀어요. 기름진 안주 많이 드셨을 테니 이번엔 과일 드세요."

그리고 스물두 살이 된 교장의 딸이 현관문 앞으로 걸어왔다. 교장의 딸은 입학처장을 보고 밝게 웃으며 예의 있게 인사했다. 그리고 교장에게 코를 막고 인상을 찡그리면서 말했다.

"아빠, 또 술 마셨어요?"

딸의 투덜거림에도 불구하고 교장이 환하게 웃으며 딸을 바라봤다.

"그래, 조금 먹었다. 안 되냐?"

"건강에 안 좋으니까 조금만 드세요."

"알았어, 알았어."

교장 가족의 모습을 입학처장은 멍하니 보고 있었다.

지금 이런 광경은 입학처장이 꿈에도 그리고 있는 가족의 모습이었으니까.

그리고 12시.

입학처장은 집에 가기 위해 교장의 집을 나섰다.

뒤에서 배웅하는 교장이 입학처장에게 말했다.

"건호야."

"네, 선배님."

돌아본 입학처장을 교장이 쓸쓸하게 바라봤다.

"처음 만났을 때는 머리가 검었는데 이제 너도 희끗하네."

"……."

"그때부터 지금까지 우린 교육자야."

"……."

"그렇게 살아왔고 앞으로도 그렇게 살자. 교육자로."

"……."

"나도 책임질 거야."

입학처장은 대답하지 못했다.

그저 고개를 숙여 인사한 채 엘리베이터의 버튼을 눌렀을 뿐이었다.

차 앞에서 대리운전을 기다리는 입학처장. 그는 핸드폰을 들어 사진 앨범을 터치했다.

술을 마시다가 장난스레 교장을 찍는다며 거실 이곳저곳을 자세히 찍어 둔 사진이 화면에 나타났다.

한 장씩 사진을 넘기는 입학처장의 입에서 무거운 한숨이 흘렀다.

입학처장의 모습을 지켜보고 있던 한 남자가 어디론가 전화를 걸었다.

그 남자는 상만이 고용한 흥신소 직원이었다. 그리고 그 전화는 희우에게 연결되고 있었다.

시사 프로그램 방송 D-2일. 금요일 밤 7시.

모두가 퇴근한 시간, 학교 교직원인 고지원은 교무실에 들렀다가 교장실을 지나가며 핸드폰을 들었다. 그의 전화는 희우에게 향하고 있었다.

"평소라면 퇴근하셔야 할 분들인데 아직 남아 있습니다. 내일 연수를 가는데, 필요한 업무를 하시나 봅니다."

고지원은 전화를 끊고 고개를 갸웃거리는 것으로 생각을 마무리했다. 희우가 교장과 입학처장 그리고 이사장의 행동 중 특이한 점이 있다면 전화를 걸어 달라고 해서 걸었을 뿐, 별다른 생각은 그에게 없어 보였다.

반면 전화를 끊은 희우는 지금 변호사 사무실에 앉아 있었다. 깊은 생각에 빠진 그의 손가락이 계속해서 책상을 톡톡톡 치고 있었다.

'교장과 입학처장이 남아서 어떤 일을 하고 있다. 며칠 전에는 두 사람이 함께 만나 늦은 시간까지 술을 마셨다. 그 전날에는 이사장이 입학처장의 집에 갔다.'

있었던 일을 거꾸로 되돌리며 생각을 이어 가는 중이었다.

책상을 두들기던 희우의 손가락이 멈췄다.

'놈들의 타깃은 교장?'

가능성이 높았다.

입학처장이 대리 운전을 기다리며 사진을 보고 있었다는 것도 어느 정도 신빙성을 갖게 해 줬다. 멀리서 보고 있었기에 어떤 사진인지는 확인할 수 없었지만 아마도 집 구조를 보고 있었을 것으로 생각되었다.

희우는 핸드폰을 들어 상만에게 전화를 걸었다.

"이사장하고 교장 그리고 입학처장, 잘 감시하고 있는 것 맞지?"

—잘하고 있겠죠? 그 애들, 그런 쪽으로는 프로잖아요.

상만의 말에도 안심되지 않았다.

상대는 제왕 그룹이었다.

희우는 자리에서 일어나 사무실을 서성거렸다.

교장이 살해당한다?

그럼 흥신소에게 나서서 놈들을 잡아 달라고 할 수는 없다. 결국은 희우 자신이 나서야 한다.

하지만 교장이 아니라 입학처장이라면?

희우가 교장을 쫓고 있을 때, 입학처장이 살해당한다면?

어떻게 이어 가야 할까?

희우는 다시 전화를 들었다.

이번에 그의 전화가 향하는 곳은 연석이었다.

"미안한 부탁을 좀 하려고 하는데."

—말씀하세요. 변호사님의 지시라면 불구덩이라도 들어가야죠.

연석은 장난스레 대답했지만 그의 말은 진심이었다.

희우가 말했다.

"주말에 시간을 좀 비워 놓도록 해."

그리고 시사 프로그램 방송 D-1일. 토요일 오전 9시.

입학처장은 딸이 입원해 있는 병원에서 나오고 있었다.

그를 병원 주차장까지 배웅하던 아내가 입을 열었다.

"어제 나연이가 뭐라고 한 줄 알아?"

"뭐라고 했는데?"

"아빠가 자랑스럽대. 평생 교직에 몸담고 있던 당신이 자랑스러운가 봐."

"……!"

아내의 눈에는 눈물이 그렁거렸다.

이미 시각, 청각, 미각 등 인간이 가지고 있어야 하는 감각이 많이 상실된 딸이었다.

그런 딸이 어렵게 꺼낸 말이 '나 아아가 자라스러어(난 아빠가 자랑스러워).'였다.

Chapter 5

입학처장이 아내를 보며 고개를 저었다.

"자랑스러운 아빠가 전혀 아닌데."

"당신 자랑스러운 거 맞아. 우리 나연이에겐 최고의 아빠야."

입학처장의 입에서는 한숨만이 흘렀다. 그가 말했다.

"만약 내가 잘못되면 나연이 잘 부탁해. 미안해."

평소와 다른 남편의 분위기에 아내가 눈을 깜빡이며 그를 바라봤다.

"무슨 말이야? 설마 그거 진짜야?"

눈이 있고 귀가 있기에 텔레비전에서 나오고 있는 이야기를 들을 수 있었다.

한 시사 프로그램에서 이번 주 집중적으로 방영한다는 한 중학교의 입시 비리.

아내는 설마설마했지만 물어볼 수 없었다.

남편이 입학처장이니 그럴 일이 없다고 생각했으니까.

입학처장이 고개를 끄덕였다.

"응, 사실이야. 어쩌면 조금 멀리 떠나 있을 수도 있어."

남편의 말에 아내는 하마터면 주저앉을 뻔했다.

입학처장이 아내를 보며 슬며시 웃어 보였다.

"괜찮을 거야. 그럼 나중에 봐."

"어? 어."

입학처장은 아내의 손을 꼭 잡았다가 놓은 후에 주차된 차에 올랐다.

하루가 지났다.

시사 프로그램 방영일.

희우는 연석과 함께 남해의 한 펜션에 있었다.

한국 외국어 중학교의 교사들이 묵고 있는 숙소와 가까운 거리에 있는 작은 펜션이었다.

교직원의 숙소에는 상만이 붙여 둔 흥신소 직원들이 감시하는 중이었고 희우는 가까운 곳에서 연석과 대기하고 있었다.

창밖을 보고 있던 희우는 주머니에서 울리는 핸드폰의 진동을 느꼈다. 시사 프로그램 담당 PD였다.

－오늘 방송은 예정대로 될 겁니다. 시청자 게시판이 벌써 폭발적이에요. 기대하셔도 좋습니다.

희우는 전화를 끊었다.

창밖을 바라보던 희우는 시선을 돌려 침대에 누워 텔레비전을 보고 있는 연석을 향했다.

"슬슬 준비하자."

연석은 침대에서 일어나며 크게 기지개를 펼쳤다.

그런 연석을 보며 희우가 다시 말했다.

"공부하라고 해 놓고 맨날 위험한 일만 시켜서 미안하다."

"하하, 괜찮아요."

연석은 머리를 긁적이며 아무렇지도 않게 샤워기가 있는 목욕탕으로 향했다.

희우는 정말 미안한 눈빛으로 연석을 바라봤다.

잠시 후, 두 사람은 교직원이 묵고 있는 숙소로 각각 다른 차량을 이동했다.

연석은 입학처장의 뒤를, 희우는 교장의 뒤를 밟기로 했기에 어쩔 수 없는 일이었다.

그들의 차량이 숙소로 이동하고 있을 시각의 서울.

천호령 회장의 비서실장이라 불리는 도시 상어 조진석은 서울의 전경이 한눈에 보이는 제왕 호텔 최상층의 레스토랑에 앉아 있었다.

서걱서걱, 스테이크를 자르는 조진석의 칼. 그가 포크로 한 조각 집어 입에 넣으며 앞을 바라봤다.

그의 앞에는 검은 양복이 앉아 있었다.

조진석이 입을 열었다.

"오늘 천호령 회장님의 첫째 아드님인 천지용 본부장이 애들을 움직이려고 해."

조진석의 입에서 나온 '애들'은 인간의 목숨을 아무렇지도 않게 여기는 인간 백정들이었다.

가만히 앉아 있는 검은 양복을 보며 조진석이 다시 말했다.

"조만간 자네의 아래에 있을 놈들이지. 어떻게 일하는지 한번 보고 오지 않겠나?"

검은 양복의 눈빛은 전혀 관심 없어 보였다.

인간 백정, 킬러라고 불리는 그들은 검은 양복이 보기에는 애송이일 뿐이니까.

조진석이 말을 이었다.

"나중에 김희우와 붙게 되었을 때 꽤 쓸모가 많을 거야. 자네도 잘 알지 않나? 법보다 주먹이 가깝고 돈은 법 위에 있어."

"……."

"앞으로 자네가 할 일은 천호령 회장님이 잘 마무리해 주실 거네."

"명령이라면 가 보도록 하겠습니다."

검은 양복의 말에 조진석은 함박웃음이 지었다.

"그래, 자네는 명령에 죽고 사는 사람이었지? 명령이야. 가서 앞으로 자네의 부하가 될 자들이 어떻게 일하는지 지켜보도록."

"알겠습니다. 그렇게 하겠습니다."

오후 12시.

교직원 숙소.

이사장이 묵고 있는 방에 교장과 입학처장이 들어왔다.

이사장이 두 사람을 번갈아 보며 말했다.

"두 분은 먼저 서울로 올라가 주십시오."

이사장의 시선이 교장에게 고정되었다.

그가 계속해서 말을 이었다.

"저도 갑자기 연락받은 일이에요. 피해자 학부모가 교장 선생님을 만나고 싶다고 합니다."

교장이 놀란 얼굴로 이사장을 바라봤다.

"피해자 학부모가요? 저를요?"

이사장이 고개를 끄덕였다.

"네, 그 사람들은 교장 선생님이 학교의 가장 높은 사람이라고 생각하나 봅니다. 합의하고 싶어 하는 것 같으니 원하는 만큼 돈을 주도록 하세요."

합의하라는 이야기에 교장의 눈이 찌푸려졌다. 그런 교장을 보며 이사장이 짜증 난다는 듯 말했다.

"이대로 학교가 무너졌으면 좋겠습니까?"

교장이 고개를 숙였다.

"……알겠습니다."

"5시에 학부모들이 집으로 찾아간다고 했으니 어서 가서 준비하세요."

집으로 온다는 말에 교장이 아리송한 눈빛으로 이사장을 바라봤다.

이사장이 말했다.

"그럼 자식을 두고 돈이 오가는 자린데 남들이 버젓이 보는 커피숍에서 만나고 싶겠습니까?"

교장은 한숨을 내쉬며 고개를 끄덕였다.

"알겠습니다. 먼저 가서 준비하겠습니다. 그럼 제 아내와 딸은 나중에 오라고 전하겠습니다."

"그렇게 하세요."

이사장의 말에 교장은 고개를 숙인 채 문밖을 나섰다.

교장이 떠나자 이사장의 날카로운 눈이 입학처장을 노려봤다.

"내가 위에 어떤 욕을 들은 줄 알아? 당신이 교장의 집 사진을 찍지 못해서 내가 죽을 뻔했어."

입학처장은 교장의 집 사진을 찍었지만 모두 삭제해 버렸다. 이런 일로 사람이 죽고 사는 것은 안 될 일이라고 생각했기 때문이다.

하지만 이사장은 그렇게 생각하지 않는 모양이었다.

이사장의 살기에 입학처장은 주춤주춤 뒤로 물러섰다.

물러서고 있는 입학처장의 앞으로 이사장이 바짝 다가서서 말을 이었다.

"그러니까 방구석에 들어가 고개 처박고 가만히 있어."

"저…… 저도 집에 갑니까?"

"그럼 시사 프로그램이 방영되는 날에 입학처장이나 되는 사람이 헬렐레 놀고 있을 텐가?"

"……알겠습니다."

이사장이 입학처장을 향해 손을 뻗었다.

"핸드폰 두고 가."

"네?"

"당신이 갑자기 정의의 사도가 돼서 교장에게 연락하면 일이 망쳐지는 거야. 그러니까 핸드폰 두고 가."

입학처장은 떨리는 손으로 주머니에서 핸드폰을 꺼내 이사장의 손에 올려 뒀다.

이사장이 핸드폰을 자신의 침대에 던져 두며 말을 이었다.

"교장의 집에 찾아간다거나 하는 이상한 생각은 하지 마. 그렇게 되면 죽는 건 당신과 나야."

"……!"

"애가 아프다고 했지? 2년만 견디면 된다고 했지? 지금만 참고 넘어가면 그 2년을 견딜 수 있어. 내가 무슨 말 하는지 잘 알아들었어?"

"……네."

"딸의 웃음을 보고 싶다면 참아라. 시키는 대로 말 잘 듣는 개처럼 살아라. 그럼 넌 네가 원하는 삶을 살 수 있을 거다."

"……알겠습니다."

이사장이 빙긋이 웃으며 입학처장의 어깨를 토닥였다. 그리고 말을 이었다.

"교장의 자리가 비게 되면 일단 교감이 그 자리로 올라가겠지? 입학처장은 교감 자리에 앉게 되겠군."

입학처장의 눈이 커졌다.

"교…… 교감요?"

이사장이 고개를 끄덕였다.

적당한 협박 후, 달콤한 제의를 해서 회유하는 것이었다.

잠시 후, 밖에서 기다리고 있던 희우.

한 통의 전화를 받았다.

상만이었다.

-교장의 차가 먼저 떠나고 있습니다.

"나도 봤어."

희우는 숙소의 주차장에서 기다리고 있었다.

교장이 출발하는 것을 보며 전화를 끊었다. 그리고 다시 번호를 눌러 연석에게 걸었다.

"나 먼저 출발한다. 조심해라. 무슨 일 있으면 나서서 해결하지 말고 연락하도록 해."

-변호사님도 조심하세요.

희우는 전화를 끊고 차량의 시동을 걸었다.

그리고 잠시 후, 연석도 이어서 나온 입학처장의 차를 쫓아 주차장을 벗어났다.

오후 4시.

희우는 교장이 사는 아파트 단지 내 주차장에 차를 세웠다.

차량이 이동할 때, 사고 같은 것으로 위장하지는 않을까 걱정했기에 남해에서부터 뒤쫓아 온 것이었는데 특이한 사항은 전혀 보이지 않았다.

차에서 내린 희우는 오랜 운전으로 굳어진 허리를 펴며 교장이 사는 아파트 건물 입구로 천천히 걸어갔다.

멀리 교장이 입구로 들어가는 게 보였다.

희우는 그가 엘리베이터를 탄 것을 확인하고 입구로 들어 갔다.

교장의 집 앞에 도착한 희우는 현관문에 귀를 대고 안에서 들려오는 소리를 집중했다. 혹시나 놈들이 기다리고 있다가 범행을 저지를 수도 있기 때문이다.

하지만 안에서는 평범한 소리만 들려왔을 뿐이었다.

문에서 귀를 땐 희우는 아파트의 계단을 바라봤다.

이제 계단에 몸을 숨기고 앉아 상대를 기다릴 시간이었다.

그 시각, 연석 역시 입학처장의 집 앞에 주차하고 차에서 내리고 있었다.

그 역시 특이한 일이 없었기에 핸드폰을 들어 '잘 도착했 습니다.'라는 간단한 문자를 희우에게 보냈다.

시간을 흘러갔다.

오후 6시 45분.

희우는 상만으로부터 문자를 받았다.

교장의 가족이 이사장의 차를 타고 출발했다는 문자였다.

시간이 조금 더 지나갔다.

계단에 앉아 있던 희우는 슬쩍 시계를 꺼내 시간을 확인했다.

오후 10시 20분.

지금까지도 특별한 일은 벌어지지 않았다.

희우의 눈이 차가워졌다.

'제왕 그룹에서는 어떤 움직임도 없던 건가?'

하지만 이상했다.

난데없는 교직원 여행.

그리고 교장과 입학처장을 우선 서울로 보낸 이유.

분명 뭔가 있다.

희우는 계속해서 그 자리에 가만히 앉아 있었다.

그리고 11시가 조금 넘은 시간.

시사 프로그램이 한창 방송될 시간이었다.

그때 '띵동!' 하는 소리와 함께 엘리베이터의 문이 열렸다.

희우는 숨을 멈추고 계단 아래에서 들리는 소리에 집중했다.

"……!"

여자들의 목소리였다.

그들은 교장의 가족이었다.

문의 비밀번호를 열고 안으로 들어간 두 사람.

딸이 교장을 보며 '아빠!'라고 외쳤다.

그리고 교장은 그런 딸을 보며 '힘들었지?'라고 이야기했다.

현관문이 닫히고 희우는 자리에서 일어섰다.

"잘못 짚었다."

그들의 타깃은 교장이 아니었다.

타깃은 입학처장이었다.

희우는 계단에 있는 아파트의 창문으로 밖을 내려다봤다.

어두운 밤이었지만 라이트가 켜진 차가 서 있는 것이 보였다.

분명 이사장이었다.

교장의 가족을 태우고 여기까지 온 이사장.

이사장은 차가운 시선으로 차량의 앞에 서서 교장의 집을 올려다보고 있었다.

이사장이 낮은 목소리로 중얼거렸다.

"운 좋네. 넌 살았어."

이사장은 차량에 올라 문을 닫았다.

처음 이사장이 타깃으로 결정한 사람은 교장이었다.

하지만 입학처장이 교장의 집 사진을 찍어 오지 않았다.

결국 이사장의 타깃은 변경되었다.

이사장이 핸드폰을 들어 사진을 넘겨봤다.

어떤 집의 사진이 자세하게 찍혀 있었다.

바로 입학처장의 집이었다.

입학처장의 집에 갔을 때, 이사장이 혹시 몰라 찍어 뒀던 것.

이사장이 싸늘한 눈빛으로 사진을 보다가 핸드폰을 옆 좌석에 던져 뒀다. 그리고 낮은 목소리로 입을 열었다.

"모든 것은 학교를 위해서야. 대를 위해 소가 희생되는 것은 당연한 일이잖아? 그래, 그거야. 난 정당한 일을 한 거야."

말을 하던 이사장은 손으로 핸들을 콱 내리찍었다. 그리고 한숨을 내쉬며 중얼거렸다.

"젠장."

━━◁⦁▷━━

그 시각, 연석은 입학처장의 집 밖에 있었다.

그는 어두운 곳에 몸을 숨기고 희우와 전화하는 중이었다.

"변호사님, 여기 봉고 한 대가 계속해서 서 있습니다. 안에 사람이 많이 타고 있는 데 오랜 시간 동안 아무도 내리지 않고 있어요."

─지금 가고 있으니까 기다려. 위험한 일이 생기면 나서지 말고 몸부터 피하도록 해.

그때 연석은 눈치채지 못했지만 그의 뒤에 검은 그림자가 섰다.

검은 그림자가 연석에게 말했다.

"지금 전화를 건 곳이 어디지?"

목소리가 들려오는 곳으로 연석이 고개를 돌리자 낯선 남자가 서 있었다.

표정에는 어떤 감정도 보이지 않는 로봇 같은 존재.

바로 검은 양복이었다.

연석은 상대의 몸에서 흘러오는 살기에 주춤 뒤로 물러서며 말했다.

"그냥, 친구한테 전화를 걸었는데요?"

검은 양복은 연석이 물러난 만큼 한 발자국 더 다가서며 낮은 목소리로 입을 열었다.

"김희우에게 걸었나?"

"……!"

연석은 뭔가 잘못되었다는 느낌이 들었다.

지금 낯선 남자의 몸에서 흘러나오는 것은 지금의 일이 극한의 위험도라는 것을 알려 주고 있었다.

지금껏 싸워 본 사람들과 다르다.

놈은 위험하다.

연석의 머릿속을 수만 가지 생각이 헤집어 가고 있었다.

희우는 분명 위험한 일이 생기면 피하라는 말을 했었다.

그리고 결정했다.

'이건 피해야 해.'

본능이 알려 주는 신호였다.

하지만!

터억!

자신도 모르게 뒤로 물러나던 연석은 아파트의 담벼락에 등을 마주해 버렸다.

연석의 눈이 좌우를 살폈다.

도망갈 곳은 없다.

검은 양복은 그런 연석을 메마른 눈빛으로 바라봤다. 그리고 말했다.

"다시 물어보지. 김희우에게 걸었나?"

연석은 고개를 저으며 히죽 웃었다.

"아니, 여자 친구한테 걸었다."

연석의 말에 검은 양복은 아무런 감정 없이 다시 입을 열었다.

"김희우가 이곳으로 오는가?"

"여자 친구라니까."

연석은 애써 여유롭게 말하며 천천히 주먹을 쥐었다.

손에는 식은땀이 흥건했다.

싸움으로는 어디 가서 뒤지지 않는다는 소리를 들었다. 아니, 지방에서 희우에게 패하기 전까지는 최고의 주먹이란 소리까지 들었었다.

그런 그에게 느껴지는 알 수 없는 떨림.

연석의 눈이 검은 양복을 바라봤다.

키는 비슷한 것 같았다.

하지만 왜 이렇게 상대는 거대해 보일까?

연석이 입을 꽉 깨물었다.

'겁을 먹었나?'

연석은 자신의 다리를 바라봤다.

후들거리고 있었다.

검은 양복은 연석을 위아래로 훑어보며 조용히 미소 지었다.

감정을 내보인 적 없는 검은 양복이 지은 미소.

연석은 다시 한 번 흠칫거렸다.

검은 양복이 말했다.

"제법이야. 하룻강아지는 범을 보고도 무서워할 줄 모르는데, 넌 범이 무엇인지 잘 알고 있구나?"

"……!"

검은 양복은 계속해서 흥미로운 표정으로 연석을 훑어보며 말을 이었다.

"김희우에게 너 같은 놈이 있다니, 알 수 없어. 아무리 봐도 넌 나와 동류인 걸로 보이는데."

연석이 긴장감을 노출시키지 않기 위해 어색하게 웃으며 말했다.

"양아치하고 동류로 엮지 마라. 기분 나쁘니까. 난 학생. 넌 깡패. 그거면 된 거야."

검은 양복의 입가에 잔인한 미소가 걸렸다. 그리고 검은 양복의 주먹이 연석을 향해 날아갔다.

꽈직!

입학처장 송건호.

그는 거실에 널브러진 옷가지를 정리하고 있었다.

아내가 병원 생활을 하느라 오랫동안 집을 관리하지 못했기에 집은 난장판이었다.

시사 프로그램이 한창일 시간이었지만 그는 볼 생각도 하지 않았다. 그저 집을 정리할 뿐이었다.

옷을 정리하던 입학처장의 시선이 텔레비전 장식장에 놓인 작은 액자로 향했다.

아내와 딸 그리고 자신이 찍은 유일한 가족사진.

물론 사진 역시 병원에서 찍었기에 딸은 환자복을 입고 있었다. 하지만 사진 속 딸은 맑게 웃고 있었다.

입학처장은 엉거주춤 자리에서 일어나 액자를 손에 들었다.

어제 낮, 아내가 전해 준 딸의 목소리가 들리는 것만 같았다.

딸이 어렵게 꺼낸 말, '난 아빠가 자랑스러워.'

입학처장은 울기 시작했다.

서글픈 눈물이 눈에서 하염없이 흘러나왔다.

그는 이미 교장이 죽었을 것으로 생각했다.

자신의 안위를 위해 오랜 시간 친하게 지낸 선배가 세상을 떠났다.

입학처장은 자신의 손을 바라봤다.

더러운 손.

학생들을 가르쳐야 할 손은 돈을 만지며 때가 타 버렸다.

한참을 울던 입학처장이 눈물을 닦았다. 그리고 울먹이지만 또렷한 목소리로 액자를 보며 말했다.

"나연아, 정말 자랑스러운 아빠가 될게. 지금까지는 자랑스럽지 못했지만 이제 그렇게 될게."

입학처장은 학교에서 일어난 입시 비리와 그 뒷일로 인해 목숨을 잃은 교장의 사건을 세상에 알리기로 마음먹었다.

돈이 걱정되기는 하지만 집을 팔고 어떻게 하면 어떻게든 살아갈 수 있을 것으로 생각되었다.

입학처장의 눈에서 떨어진 눈물이 액자를 적셨다.

엄지손가락으로 액자에 묻은 눈물을 닦으며 입학처장이 다시 입을 열었다.

"미안해. 다 미안해. 아빠는 자랑스러운 사람이 아니야."

입학처장이 눈물을 흘리고 있을 때.

딩동!

초인종 소리가 들렸다.

입학처장은 눈물을 닦고 자리에서 일어나 현관으로 걸어갔다.

"누구세요?"

"시사 프로그램 일로 재단에서 나왔습니다."

재단이란 말에 입학처장은 멈칫거렸다.

"재…… 재단요?"

이사장은 입학처장에게 제왕 그룹이라는 이름은 꺼내지 않았다. 당연하지만 입학처장은 살해를 저지르는 집단이 재

어게인
마이라이프
SEASON2

단이라 생각하고 있었다.

몹시 겁먹은 표정.

입학처장은 도움을 요청하기 위해 전화를 찾았다.

하지만 전화는 이사장의 손에 있었다.

입학처장의 시선이 다급하게 집 안을 살폈다.

거실 벽에 걸린 월 패드에 시선이 갔다. 하지만 월 패드는 고장 난 지 오래였다.

입학처장이 문을 열어 주지 않자 밖에서 다시 남자의 목소리가 들렸다.

"죄송합니다. 한국 외국어 중학교 입학처장 송건호 선생님이시죠? 시사 프로그램을 보고 방송국에서 나왔습니다. 인터뷰 좀 부탁드립니다."

입학처장은 쿵쾅거리는 심장 소리를 최대한 죽이며 현관문으로 걸어갔다. 그리고 렌즈를 통해 밖을 바라봤다.

네 명의 남자.

그중 한 남자는 집 문을 열기 위한 도구를 가방에서 꺼내는 중이었다.

그리고!

붉은 모자를 쓴 남자의 눈이 렌즈를 똑바로 바라보며 말했다.

"그냥 열어 주면 너도 편하고 우리도 편하잖아?"

남자는 웃고 있었다.

문안에 선 입학처장은 겁을 집어먹고 뒤로 물렀다.

그리고!

딸칵.

문이 열렸다.

입학처장의 아파트로 차량 한 대가 빠르게 들어왔다.

차량의 안에는 희우가 타고 있었다.

입학처장의 아파트 건물 앞에 차를 세운 희우는 주변을 둘러봤다.

연석은 보이지 않지만 그가 말한 봉고가 앞에 보였다.

봉고에는 아무도 타고 있지 않았다.

"젠장."

희우는 엘리베이터를 향해 달려갔다.

더디게 내려오는 엘리베이터.

띵!

안으로 들어간 희우의 손은 다급히 '닫힘' 버튼을 눌렀다.

엘리베이터가 위로 올라가자 희우는 손목을 들어 시간을 확인했다.

11시 21분.

희우는 치아가 부서질 듯 입을 꽉 다물며 단추로 위장된 카메라를 플레이시켰다.

만약의 사태를 대비하기 위함이었다.

핸드폰으로 녹음까지 하고 싶었지만 차에서 급히 나오느라 미처 챙기지는 못했다.

그리고 엘리베이터에서 내린 희우가 문고리에 손을 대고 돌리자 문이 열렸다.

잠겨 있지 않아 바로 열린 문.

희우는 확 문을 열고 안으로 들어갔다.

"······!"

작은 베란다, 천장에 걸려 있는 빨래 건조대. 그곳에 입학처장이 목을 매달고 있었다.

괴로운 듯 발버둥을 치고 있는 입학처장. 그의 충혈된 눈은 희우가 들어왔다는 것도 알지 못했다.

빨래 건조대는 몸을 흔드는 입학처장의 체중을 이기지 못하고 구부러져 있었다.

희우는 그대로 상대에게 달려가 끄집어 내렸다.

"컥! 컥! 컥!"

입학처장의 입에서 고통에 찬 신음이 흘렀다.

하지만 아직 제대로 정신을 차리지 못한 것 같았다.

공포와 고통에 찬 그는 겁에 질린 표정으로 희우를 바라봤다.

희우가 입학처장을 보며 말했다.

"괜찮습니다. 괜찮으니까······."

말을 하던 희우는 이상함을 느꼈다.

입학처장의 두려움으로 가득한 시선이 닿아 있는 곳.

그곳은 희우가 아니었다.

입학처장의 눈동자에 희우의 어깨너머로 다가오는 네 명의 남자들이 비쳤다.

입학처장을 처리하는 과정에서 쓰러진 집기들을 정리하며 완벽한 자살을 만들어 내고 있던 그들은 엘리베이터가 멈추는 소리에 방으로 잠시 숨어 있었다. 그리고 희우가 나타나 입학처장을 구해 내자 거실로 빠져나온 것이었다.

희우가 몸을 돌려 그들을 바라보자 가장 앞에 있던 붉은 모자를 쓴 남자가 입을 열었다.

"이건 또 뭐야? 김희우네? 야, 이거 유명 인사도 보고 기분 좋은데?"

건들거리는 목소리.

희우는 천천히 자리에서 일어서며 상대를 바라봤다.

붉은 모자가 비릿하게 웃으며 말을 이었다.

"그거 알아? 4년 전에 내가 당신 뽑았는데."

"……."

"그런데 이번엔 내가 당신을 죽여야 할 것 같네. 예정에 없던 일이라 귀찮기는 하지만 이 현장을 본 이상 어쩔 수 없잖아?"

몹시 여유로운 태도였다.

그들을 보는 희우의 입가에 잔인한 미소가 걸렸다.

"하나만 묻자. 여기 주변에 있던 대학생 못 봤냐?"

연석을 말하는 것이었다.

"대학생? 대학생이 여기 왜 있어?"

놈들은 연석과 마주하지 않은 것 같았다.

그럼 연석은 왜 연락하지 않고 있을까?

희우는 잠시 생각했지만 상대가 연석인 만큼 웬만한 위험에서는 빠져나올 것이라 믿고 있었다.

희우가 다시 물었다.

"한상제 변호사도 너희가 죽였냐?"

붉은 모자가 피식 웃었다.

"안 가르쳐 주지."

희우가 고개를 끄덕였다.

"그럼 조금 이따가 말하고 싶다고 애원해도 안 듣는다."

붉은 모자가 고개를 저었다.

"검사 했다가 정치가 했다가 이제 변호사를 하는 박쥐 같은 인간아, 내가 하나 말해 줄까? 지금 이 공간에는 네가 사랑하는 법은 없어. 경찰도 없고 아무것도 없어. 우리만 있을 뿐이야."

"……."

"즉, 여기서 너도 죽는다, 박쥐야."

희우가 머리를 긁적였다.

"직업을 바꾼 게 박쥐라는 뜻이 되나? 예가 잘못된 것 같은데? 그렇게 초등학교를 잘 다녔어야지."

붉은 모자가 어깨를 으쓱거렸다.

"점쟁인데? 내가 초등학교도 못 나온 걸 어떻게 알았지?"

"멍청해 보이니까."

희우는 말을 하며 주먹을 쥐었다가 펴 보았다.

몸에 문제 있는 곳은 없었다.

문제라면 놈들이 네 명이라는 것.

하지만 다행히 집은 좁았다.

네 명이 유기적으로 움직일 만한 공간은 아니었다.

희우가 자신의 몸과 싸움에 대한 전략을 생각하고 있을 때, 붉은 모자가 뒤에 있는 일당에게 말했다.

"좋은 시나리오가 떠올랐어. 김희우가 저 입학처장을 죽이고 도망간 거야. 어때? 자살이 아니라 타살 위장!"

뒤에 있던 덩치 큰 남자가 고개를 끄덕였다.

"그것도 좋겠네요. 변호사가 위증을 요구하며 입학처장을 압박한 거 맞지요?"

붉은 모자가 기분 좋게 웃었다.

"어때? 영화 좀 팔리겠어?"

그리고 붉은 모자가 미소를 지우지 않고 희우를 보며 말을 이었다.

"우리가 받은 의뢰는 자살 위장이지만 그것보다는 이게 여론을 바꾸기에 더 좋겠어. 김희우라는 이름값 높은 양반이

어게인
마이라이프
SEASON2

살인을 저질렀다는 뉴스가 나온다면 시청률은 대박일 거야."

희우가 슬쩍 웃었다.

"네 명으로 되겠어?"

붉은 모자가 고개를 끄덕였다.

"공부만 한 변호사님, 어렸을 때 태권도 배웠다고 싸움 잘하는 건 아니야."

그 말과 함께 붉은 모자의 뒤에서 커다란 덩치가 희우를 향해 달려들었다.

하지만 희우의 주먹은 정확하게 덩치의 턱을 가격했다.

거대한 덩치가 흔들렸다.

희우는 그 순간을 놓치지 않고 상대의 팔을 잡아 뼈가 움직일 수 있는 반대 방향으로 꺾었다.

"악!"

덩치의 비명.

희우가 상대의 팔을 꺾어 누른 상태로 앞에 있는 붉은 모자를 노려봤다.

예상치 못한 희우의 움직임에 붉은 모자의 눈빛이 떨렸다.

그런 붉은 모자를 보며 희우가 말했다.

"이제 세 명 남았네. 세 명으로 되겠어?"

붉은 모자는 당황했다.

숱하게 사람을 죽여 왔고 싸워 왔기에 알 수 있었다.

'김희우는 강하다.'

게다가 희우는 덩치의 팔을 꺾고 있으며 여유로워 보이기까지 했다.

붉은 모자는 희우를 노려보며 주먹을 꽉 쥐었다. 그리고 옆에 있는 다른 무리를 바라봤다.

눈가에 칼자국이 일자로 나 있는 사내와 깡마른 몸의 남자였다.

"죽여."

그 말과 동시에 두 명의 사내가 희우를 향해 달려들었다.

희우는 팔을 꺾고 있던 덩치를 살짝 바라봤다. 그리고 낮게 말했다.

"일단 미안. 네 팔을 잡은 상태로 싸울 수는 없잖아."

희우의 눈빛을 본 덩치는 고개를 가로저었다.

"안 돼…… 안 돼……."

하지만 덩치의 간절한 부탁에도 불구하고 좁은 거실에서는 '우두두둑!' 하는 뼈가 부러지는 소리가 채워지며 동시에 '으아아아아악!' 하고 비명이 잔혹하게 퍼졌다.

하지만 그뿐이었다.

이 공간에서 덩치의 안부를 묻고 있을 사람은 없었다.

여전히 두 명의 사내는 희우를 향해 달려오고 있었다. 그리고 희우 역시 상대를 향해 뛰어들었다.

먼저 날아온 것은 칼자국이 날린 주먹이었다.

하지만 희우는 몸을 숙여 상대의 주먹을 가볍게 피하며 상

어게인
마이라이프
SEASON2

대의 무릎을 자신의 팔로 감아 잡았다. 그리고 힘껏 밀었다.

"어?"

칼자국은 자신의 균형이 무너지고 있음을 느꼈다.

하지만 끝이 아니었다.

희우는 다른 손으로 칼자국의 허리를 휘감고 발에 더욱 힘을 줬다.

결국 칼자국은 희우의 힘을 견디지 못하고 바닥으로 넘어져 버렸다.

콰당탕탕탕탕!

칼자국과 함께 달려오던 깡마른 사내가 갑자기 일어난 상황에 놀라 시선을 돌렸다.

하지만 그가 시선을 돌렸을 때, 이미 희우의 팔꿈치는 칼자국의 턱에 꽂히고 있었다.

콰직!

콰직!

꽈지지지직!

칼자국의 몸은 축 늘어졌다.

희우가 자리에서 일어나며 붉은 모자와 깡마른 사내를 바라봤다.

"이제 두 명."

붉은 모자가 고개를 저었다.

"공부만 한 줄 알았는데, 뭐 좀 배웠나 봐?"

희우는 어깨를 으쓱해 보이며 말했다.

"아, 태권도는 안 배웠다. 그냥 너희가 약한 거야."

붉은 모자의 입에 비릿한 미소가 걸렸다. 그리고 그는 주머니에서 날이 6센티미터 정도 되는 작은 칼을 꺼내 들었다.

"우리가 일할 때는 무기를 가지고 오지 않아. 그걸 다행으로 알아라, 변호사야."

자살로 위장시키는 자들이다.

칼이나 무기를 들고 있다가 혹시나 상대에게 상흔을 입혀 일을 망칠 수도 있기에 맨손으로 다녀야 했다.

지금 붉은 모자가 들고 있는 칼은 무기로 사용되는 것이 아니라 그들이 사용하는 줄을 자르거나 할 때 사용하는 작업용 칼이었다.

그렇다고 해도 칼은 칼이었다.

주먹보다 날카로웠고 상해를 입히기에는 충분했다.

붉은 모자는 잠시 칼을 바라보다가 옆에 있는 깡마른 사내에게 건넸다.

"사용해."

"몸에 상처가 나도 괜찮습니까?"

"괜찮아."

칼을 받은 깡마른 사내의 눈빛이 잔혹하게 일렁거렸다.

희우는 붉은 모자를 보며 살짝 미소 지었다.

"칼은 흉기로 들어가는 거 알지? 법정에서 불리할 거야."

붉은 모자가 피식 웃었다.

"끝까지 여유 부리기는."

그 말이 끝이었다.

휙!

깡마른 사내의 칼이 희우를 향해 휘둘렸다.

희우는 칼을 피해 뒤로 물러나며 상대의 동작을 지켜봤다.

동작이 크지 않고 짧게 짧게 끊어지고 있었다.

큰 동작이라면 순간의 빈틈을 노릴 수 있지만 짧게 이어지는 공격이라면 무리였다.

그렇다면 상대의 공격을 제한할 수 있는 좁은 공간을 찾아야 했다.

희우의 눈에 들어온 두 곳.

하나는 화장실이었고 한 곳은 현관 입구였다.

가까운 곳은 현관!

희우는 몸을 틀어 현관으로 피했다.

입학처장의 집 현관은 좁은 복도식이었다.

희우가 그곳으로 피하자 깡마른 사내의 입에는 미소가 걸렸다.

"이제 도망칠 곳이 없어. 뒤에는 문이야!"

쐐애애애액!

상대의 칼이 희우를 향해 찔러 들어왔다.

그 순간 희우는 몸을 틀어 칼을 피했다. 그리고 한 손으로 상대의 칼을 쥔 손목을 잡고 다른 손으로 상대의 팔꿈치를 움직이는 반대 방향으로 눌렀다.

빠지지지직!

뼈가 부러지는 소리가 들리며 상대의 팔이 역으로 꺾여 버렸다.

"끄아아아아아아아아악!"

팔을 잡고 주저앉으며 지르는 깡마른 사내의 비명.

하지만 오래가지 못했다.

희우의 무릎이 주저앉은 깡마른 사내의 안면을 그대로 강타해 버렸기 때문이다.

널브러진 사내를 보며 희우가 말했다.

"좁은 공간에서 네가 할 공격이 뻔하잖아. 뻔한 공격을 맞으면 변호사가 아니지."

이제 남은 것은 붉은 모자.

현관에서 빠져나온 희우의 눈이 정면을 바라봤다.

"……!"

붉은 모자는 주방에서 가지고 왔는지 손에 식칼을 들고 있었다.

"변호사 양반, 난 이놈들과 달라."

"싸울 때 모자 쓰면 시야가 방해되는 거 모르나?"

"헛소리!"

후우우우웅!

칼이 휘둘렸다.

과연 다른 놈들과 다르다고 할 만했다.

가까스로 피했지만 옷의 단추가 뜯어지는 것까지 막을 수는 없었다.

휙! 휙! 휙!

다시 공격이 이어졌다.

희우는 거리를 두며 뒤로 피할 수밖에 없었다.

붉은 모자의 입가에 미소가 걸렸다.

"왜? 도망만 다니지? 방금처럼 어디 한번 공격해 봐."

희우는 입을 꽉 다물었다.

칼의 길이가 길고 붉은 모자의 실력이 생각보다 뛰어나서 안으로 파고들 수가 없었다.

무기가 될 만한 게 있나 주변을 찾아봤지만 보이지 않았다. 지금은 그저 뒤로 물러나며 상대의 공격을 피해 시간을 벌 뿐이었다.

그때!

콱!

뒤에서 기어 온 입학처장이 붉은 모자의 다리를 잡았다.

붉은 모자의 눈이 커졌다.

"이건 또 뭐야!"

하지만 희우는 그 짧은 순간을 놓치지 않았다.

상대의 칼을 쥔 손목을 잡고 반대로 틀어 버렸다.

뼈가 뒤틀리는 소리와 함께 쥐고 있던 칼은 거실 바닥에 뒹굴었다.

동시에 희우는 발을 휘둘러 상대의 허벅지를 찍어 눌렀다.

콰직!

붉은 모자의 얼굴이 고통을 참지 못하고 일그러졌다.

그리고 희우의 주먹이 상대의 안면을 찍어 눌렀다.

꽈직!

요란한 소리와 함께 바닥으로 쓰러진 붉은 모자. 의식은 있었지만 다리와 손목에 전해져 오는 극심한 통증 때문에 일어나지 못하고 비명만 지를 뿐이었다.

희우의 눈이 입학처장을 향했다.

"고맙습니다."

마지막에 입학처장이 용기를 내어 붉은 모자를 잡지 않았다면 상황은 심각해졌을 수도 있었다.

하지만 용기를 냈던 입학처장은 겁에 질려 바들바들 떨고 있었다.

희우가 물었다.

"괜찮습니까?"

희우의 질문에 입학처장은 멍하니 고개를 끄덕였다.

"괘…… 괜찮습니다."

입학처장의 대답을 들은 희우는 팔이 기형적으로 꺾여 고통스러운 신음을 흘리고 있는 덩치를 바라봤다. 그리고 상대의 바지 주머니를 뒤져 핸드폰을 꺼내 들며 입학처장에게 말을 이었다.

"지금부터 경찰에 신고하겠습니다. 당연히 입학처장님도 함께 가셔야 할 겁니다. 조금 더 말씀드린다면 한국 외국어 중학교에서 입학처장님이 한 모든 일이 드러날 것입니다."

입학처장은 고개를 끄덕였다.

"……괜찮습니다."

희우가 핸드폰의 번호를 누를 때였다.

끼이이익.

문이 열리고 누군가가 들어왔다.

희우의 시선이 현관문으로 향했다.

"……!"

검은 양복이었다.

온몸에서 피를 흘리고 있는 검은 양복.

하지만 그의 표정에서 고통의 감정 같은 건 보이지 않았다.

검은 양복의 시선이 천천히 움직여 희우의 앞에서 멈췄다.

그의 입꼬리가 찢어질 듯 웃기 시작했다.

소리 없는 웃음.

분명 검은 양복은 웃고 있었다.

희우는 검은 양복의 웃음에 온몸에 소름이 돋는 것을 느꼈다. 하지만 그것도 잠시, 소리 없는 웃음을 멈춘 검은 양복이 나직이 입을 열었다.

"반갑군."

희우는 검은 양복을 보며 애써 미소 지었다.

"감옥에서 나왔다고는 들었어. 면회 못 가서 미안하네."

검은 양복의 발걸음이 저벅저벅 희우를 향해 다가왔다.

그가 걸음을 옮길 때마다 뚝뚝 피가 떨어져 거실을 물들였다.

희우가 검은 양복을 보며 물었다.

"싸울 건가? 많이 다친 것 같은데?"

검은 양복이 자신의 몸을 둘러봤다.

만신창이였다.

하지만 검은 양복은 몸의 상태는 상관없다는 듯 말했다.

"싸울 수 있다."

희우가 주먹을 쥐었다가 펴 보았다. 그리고 검은 양복을 보며 말했다.

"알겠지만 난 부상자라고 해서 봐주지 않아."

검은 양복이 희우의 바로 앞에 바짝 다가섰다. 그리고 살기 어린 낮은 목소리로 말했다.

"나와 싸워 이길 수 있을 거라고 생각하나?"

"물론. 이 정도로 다친 사람에게 진다면 체면이 아니지."

"그럼 바꿔 물어보지. 나를 쉽게 이길 거라고 생각하나?"

"……!"

그것은 아니었다.

검은 양복은 팔이 부러져도, 몸의 뼈가 으스러져도 싸울 수 있었다.

아무리 상대가 상처 입은 몸이라고 해도 지금 상황에서 검은 양복과 붙는다면 희우 역시 자신의 안전을 보장할 수 없었다.

검은 양복이 말했다.

"앰뷸런스가 와서 병원에 가기까지 약 20분. 그 정도면 아슬아슬하겠군."

검은 양복의 말에 희우의 눈이 찌푸려졌다.

무슨 말을 하는지 이해할 수가 없었다.

검은 양복이 말을 이었다.

"내가 이런 꼴을 하고 왔으면 누구와 싸웠는지 예상되지 않나?"

"……!"

검은 양복을 부상 입힐 수 있는 사람.

많지 않다.

그리고 이 주변에 있을 사람이라고 하면 단 한 명밖에 없었다.

바로 연석이었다.

검은 양복이 말했다.

"좋은 부하를 뒀어. 하지만 그 부하의 숨이 남아 있을 시간은 30분 정도야."

"……!"

"네 부하는 이 앞 놀이터에 있다. 네가 나와 싸워서 이긴 후 여기 있는 모두를 경찰에 신고하든가, 아니면 달려가서 네 부하를 살리든가. 선택할 기회를 주지."

희우는 주먹을 꽉 쥐었다. 그리고 고개를 저었다.

'젠장.'

연석을 구할 수밖에 없었다.

희우가 시선을 돌려 입학처장을 바라봤다.

"나오세요. 놈들이 떠날 때까지 저와 함께 있으세요."

"네? 네!"

입학처장은 심상치 않은 분위기에 희우의 옆으로 바짝 붙어 섰다.

희우가 검은 양복을 스쳐 지나갈 때, 검은 양복이 말했다.

"그냥 보내는 것이 원통하다. 찢어 죽여야 할 상대가 앞에 있는데, 그냥 보내야 하는 게 원통하다."

희우가 고개를 끄덕였다.

"나 역시 마찬가지야. 감옥 밥은 맛있었지? 다음에 만나면 다시 보내 줄게. 그때까지 사회 밥 많이 먹고 있어라."

"기다리지."

희우는 입학처장과 함께 좁은 집을 벗어났다.

검은 양복은 희우가 떠난 것을 보다가 식탁의 의자에 앉았다. 마치 주저앉는 것 같았다.

연석과 싸움에서 검은 양복 역시 큰 피해를 볼 수밖에 없

어게인
마이라이프
SEASON2

었다. 그것이 희우를 보내 준 이유였다.

지금 싸워서는 검은 양복에게 승산은 없으니까.

그럴 바에야 자신의 부하가 될 놈들을 하나라도 더 구하는 게 낫다고 생각했다.

검은 양복은 싸늘한 눈으로 희우가 빠져나간 열린 현관문을 노려보고 있었다.

연석은 의식을 잃고 놀이터의 모랫바닥에 쓰러져 있었다.

어두웠지만 주변이 모두 핏물에 적셔져 있다는 것을 알 정도였다.

구급차를 기다리는 희우에게 입학처장이 물었다.

"경찰을 안 불러도 될까요?"

"부르세요. 그런데 부른다고 해서 녀석들을 잡을 수는 없을 겁니다."

"네?"

집 안에는 검은 양복이 있다. 어떤 수를 써서든 그 자리를 피했을 것이 당연했다.

희우가 말을 이었다.

"놈들은 시키면 시키는 대로 하는 개입니다. 주인을 잡지 못하면 개도 잡기 어렵습니다."

멀리 앰뷸런스가 불을 밝히며 놀이터로 다가오고 있었다.

연석이 들것에 실려 앰뷸런스에 오를 때, 희우가 입학처장에게 말했다.

"개 주인을 잡는데 도움을 주시겠습니까?"

입학처장이 고개를 끄덕였다.

"네, 모든 것을 하겠습니다."

인근의 대학 병원.

기나긴 밤이 끝나 가고 있었다.

희우의 앞에는 온몸에 붕대를 감고 아직 깨어나지 못한 연석이 누워 있었다.

희우는 가만히 연석을 바라봤다.

의사는 다행히 시간에 맞춰 도착했기에 큰 이상은 없을 거라고 말했지만 연석이 다친 것이 마치 자신 때문인 것처럼 느껴졌다.

희우가 연석의 핏기 없는 손을 살짝 잡았다.

"미안하다."

다음 날이 되었다.

희우는 아직 연석의 병실에 있었다. 연석은 여전히 의식이 없었다.

어게인
마이라이프
SEASON2

스마트폰으로 뉴스를 보고 있던 희우는 미간을 찌푸렸다.

한국 외국어 중학교 이사장 자살. 학교 잘 부탁한다. 시사 프로그
램 내용은 모두 거짓. 유서 남겨
한국 외국어 중학교 이사장 자살 충격, 긴급 휴교
(속보)한국 외국어 중학교 이사장 자살
한국 외국어 중학교 이사장 교내서 자살

희우의 핸드폰이 진동을 울렸다.

전화가 온 것.

통화 버튼을 누르니 입학처장이었다.

ㅡ이…… 이사장이 살해당했습니다.

희우가 고개를 끄덕였다.

"저도 지금 뉴스를 봐서 알고 있습니다."

ㅡ……어떻게 해야 하나요?

"잠시 기다려 주십시오. 연락드리겠습니다."

희우는 전화를 끊고 침대 앞 의자에 앉아 이마를 손으로
쥐었다.

검은 양복과 일당은 입학처장을 살해하려고 했던 목표는
실패했다. 하지만 그들의 궁극적인 목적, '여론을 뒤바꾼다
는 것'을 위해 차선을 선택했다.

그게 이사장이었다.

보지 않아도 어떤 일이 일어났는지 알 수 있었다.

입학처장 살해를 실패한 그들은 이사장에게 전화를 걸었을 것.

"제왕 그룹입니다. 입학처장의 일은 성공했습니다. 만나서 뒷일을 계획하고 싶습니다."

그 말에 당연히 이사장은 학교로 달려 나왔을 것이었다.

그리고 뒤는 뻔했다.

검은 양복과 일당은 입학처장 대신 이사장을 제왕 그룹의 제물로 삼았다.

희우는 깊은 한숨을 내쉬며 다시 핸드폰을 들어 뉴스를 들어가 기사를 확인했다.

당연히 언론과 네티즌은 한국 외국어 중학교 입시 비리에는 관심이 없었다.

시사 프로그램의 잘못된 방송으로 인해 한 교육자가 목숨을 끊었다는 기사와 댓글만이 빠르게 올라가고 있을 뿐이었다.

그런데!

희우의 입에는 미소가 걸려 있었다.

그가 낮은 목소리로 입을 열었다.

"고맙게도 나를 도와주고 있네? 여론을 이렇게 만들수록 불리한 것은 너희야."

희우는 자리에서 일어섰다. 그리고 민수에게 전화를 걸었다.

"제왕 그룹 천호령 회장의 첫째 아들인 천지용 본부장, 잡

어게인
마이라이프
SEASON2

고 싶지 않습니까?"

－흘흘흘, 좋아.

민수와 전화를 끊은 희우는 주머니에서 또 하나의 핸드폰을 꺼내 들었다.

어젯밤, 덩치 큰 남자가 가지고 있던 핸드폰이었다.

입학처장의 아파트에 도착해 급히 움직였던 희우는 핸드폰을 가지고 가지 않았었다.

경찰을 부르기 위해 사용했던 것이 바로 덩치의 핸드폰.

검은 양복이 자신도 모르게 들고 왔던 그 핸드폰을 보며 희우는 싸늘히 웃고 있었다.

제왕 그룹 본부장실.

그 안에는 제왕 그룹 천호령 회장의 첫째 아들 천지용 본부장이 앉아 있었다.

똑똑똑.

노크 소리가 들리고 문이 열리며 비서가 들어왔다.

비서는 천지용에게 살짝 고개를 숙이고 책상 앞으로 다가섰다.

"일은 깔끔하게 마무리되었습니다. 언론은 모두 시사 프로그램을 비난하고 있습니다."

천지용이 고개를 끄덕였다.

"수영이는?"

천수영, 천지용 본부장의 아들이었다.

비서가 고개를 숙이며 다시 말했다.

"학교 이사장이 자살했다는 것에 살짝 놀란 것 같긴 하지만 큰 탈은 없어 보였습니다. 아무래도 이사장이 함께 수업하는 교사는 아니니까요."

"잘됐군."

천지용 본부장에게는 아들이 가질 마음의 상처가 한 사람의 목숨보다 무거웠다.

잠시 뭔가 생각하던 천지용 본부장이 비서를 보며 물었다.

"어제 입학처장을 처단하는 일에 김희우가 나타나 훼방을 놓았다고 하지 않았나? 그건 어떻게 됐지?"

"그 후 입학처장은 경찰에 신고하지 않았습니다. 그리고 그 문제 역시 우리까지 걸고넘어지기는 힘들 겁니다."

비서는 천지용 본부장의 책상 위에 작은 메모리 카드를 올려 두며 말을 이었다.

"아파트 CCTV 녹화 파일 원본입니다."

해당 아파트 관리소장은 돈 몇 푼에 상대가 누구인지도 묻지 않고 메모리 카드를 손쉽게 건네줬다.

관리소장은 만약 경찰이 와서 진위를 물어본다면 정전 후 고장이 나 버렸다는 말로 어물쩍 넘어갈 생각을 하고 있었다.

천지용은 천천히 메모리 카드를 손에 들어 물컵에 집어넣었다.

컵 안에서 떨어지고 있는 메모리 카드를 보던 비서가 말했다.

"이사장은 입학처장이나 교장에게 '제왕 그룹'이라는 이름에 관해서는 한마디도 하지 않았습니다. 어떤 증거도 없으니 아무리 김희우라 하더라도 우리까지 물고 늘어질 수는 없을 겁니다."

천지용 본부장은 고개를 끄덕였다.

그는 비서가 들어온 처음부터 지금까지 대수롭지 않다는 표정으로 앉아 있었다.

천지용 본부장이 말했다.

"고생했어. 일이 완벽히 마무리될 때까지 고생 좀 해 주길 바라네."

"알겠습니다."

천지용 본부장이 자세를 고쳐 앉으며 입을 열었다.

"그건 그렇고 경남 지방에 토지 문제는 어떻게 되고 있나?"

비서는 그 말에 조금 송구스러운 표정을 지었다.

"농민들이 심하게 반발하고 있습니다."

제왕 그룹은 토지를 매입해서 그 위에 공장이나 마트 등을 세우는 게 주요 사업이다.

하지만 궁극적인 그들의 돈줄은 공장이나 마트에서 나오는 매출이 아니었다.

주변의 발전으로 인한 토지 시세 차익.

그들은 그것을 노리고 있었다.

지금도 경남의 한 지역을 매입하려 하는 중이었다.

하지만 농민들에게는 생업인 토지값을 말도 안 되는 가격으로 부르고 있으니 원성이 자자할 수밖에 없었다.

천지용 본부장이 말했다.

"몇 놈 불에 태워. 그리고 합의를 보면 될 거야. 그게 가장 빨라."

농민들이 시위하다가 스스로 다친 것처럼 만든다.

그럼 병원비를 마련하기 위해 어쩔 수 없이 토지 수용에 합의를 볼 수밖에 없다.

천지용 본부장의 말에 비서가 고개를 숙였다.

"알겠습니다. 그렇게 준비하겠습니다."

비서는 고개를 숙이고 본부장실을 벗어나려고 했다.

그때 비서의 핸드폰이 울렸다.

천지용 본부장에게 예를 갖추고 핸드폰의 통화 버튼을 누른 비서의 표정이 굳어졌다.

그는 서둘러 본부장실에 있는 텔레비전 리모컨을 들어 전원 버튼을 눌렀다.

아나운서가 나와 입을 열었다.

-제왕 그룹 천지용 본부장이 한국 외국어 중학교 이사장의 살해를

지시했다는 주장이 나왔습니다.

천지용 본부장의 날카로운 시선이 비서에게 향했다.

하지만 비서 역시 지금 어떻게 돌아가고 있는지 알 수 없었다. 당연히 그가 할 수 있는 말은 '아…… 알아보겠습니다.'가 전부였다.

서둘러 사무실 문을 열고 벗어나는 비서를 보던 천지용 본부장의 눈빛은 싸늘했다.

그때 천지용 본부장의 핸드폰이 '우우우웅' 하고 울리기 시작했다.

발신 번호는 둘째 천유성이었다.

─형님, 일이 묘하게 돌아가고 있습니다.

"네가 신경 쓸 일은 아니다."

차가운 목소리의 천지용 본부장.

하지만 둘째 천유성은 능글맞은 말투로 말을 이었다.

─이 사건이 어떻게 시작했는지 듣고 싶지 않습니까?

"……!"

둘째 천유성의 말에 천지용 본부장의 머릿속은 갖가지 생각이 오가기 시작했다.

둘째 천유성은 능글맞은 목소리를 지우고 차갑게 입을 열었다.

─셋째 천하민이 김희우와 만났습니다.

"······!"

지금껏 표정의 변화가 없던 천지용 본부장. 하지만 둘째 천유성의 말에 그의 얼굴은 무섭게 일그러졌다.

전화를 끊은 천지용 본부장은 자리에서 일어서 창가로 걸어갔다.

창가에서 내려다보이는 서울의 도심.

조금만 있으면 자신의 손아귀에 들어올 것이라고 생각했다.

후계 싸움을 하는 동생이 둘이나 있지만 적자는 자신뿐이었다.

나머지는 첩의 자식들.

천지용 본부장이 천천히 고개를 저었다.

"이럴 것 같아서 우리끼리는 건들지 말자고 그렇게 이야기했는데. 이래서 근본 없는 놈들과는 상종하지 말라고 했구나."

그의 시선은 다시 차갑게 변했다.

김희우가 어떤 증거를 가지고 있든 자신 있었다.

살해를 지시한 적은 없으니까.

귀찮기는 하지만 모든 것은 비서의 과잉 충성이 이뤄 낸 결과로 만들면 되는 간단한 일이었다.

그 시각.

비서는 서둘러 제왕 그룹에서 나가기 위해 지하 주차장으로 내려가는 엘리베이터에 타고 있었다.

그가 만나려고 하는 사람은 이번 일을 실행한 인간 백정들이었다.

이런 상황에서 그들과 전화로 이야기할 수는 없었다.

조용한 곳에서 만나 현장에 어떤 흔적을 흘리고 왔는지 자세히 들어야 했다.

띵!

엘리베이터가 지하 주차장에서 멎었다.

그리고 스르륵 문이 열릴 때 비서는 심장이 멎는 공포를 느꼈다.

엘리베이터 앞에 서 있는 사람은 김희우였다.

희우는 엘리베이터에서 내린 비서를 똑똑히 바라봤다. 그의 입가에는 희미한 미소가 걸려 있었다.

"이렇게 마중까지 나와 주시고 감사하네요."

"어…… 어쩐 일입니까?"

"우리 이야기할 게 많지 않나요?"

비서의 뒤에 있던 엘리베이터 문이 스르르륵 닫힐 때, 희우가 말했다.

"천지용 본부장이 당신을 살려 줄 것 같습니까?"

"……."

"나에게는 당시 범인들의 사진이 찍힌 동영상이 있습니다."

희우는 입학처장의 집에 들어가기 전 작은 몰래카메라를 가동했다.

싸움 도중에 부숴지기는 했지만 검은 양복을 제외한 다른 놈들의 얼굴은 똑똑히 찍혀 있었다.

희우가 말을 이었다.

"그리고 나는 놈들의 핸드폰도 가지고 있지요. 거기엔 주고받은 문자가 그대로 실려 있네요."

"그게 나랑 무슨 상관이죠?"

비서는 놈들과 문자로 연락을 주고받았다.

하지만 그것은 명의가 다른 대포폰으로 실행한 일이었다. 그 안에 제왕 그룹이나 자신을 지칭하는 말은 전혀 없었다.

절대 잡힐 리가 없다고 생각했다.

하지만 희우의 미소를 보고 있으면 절대 그렇지 않다는 것을 알 수 있었다.

희우가 말했다.

"당연히 놈들과 문자를 주고받은 사람도 대포폰이더라고요. 그래서 어떻게 했게요?"

비서가 고개를 저으며 말했다.

"가 봐야 할 곳이 있어서 먼저 가 보겠습니다. 할 이야기가 있다면 정식으로 약속을 잡고 오십시오."

희우의 입꼬리가 살짝 올라갔다.

그는 그의 옆을 스쳐 가는 비서의 귓가에 작게 말했다.

"대포폰 업자를 잡았지."

"……!"

"우리나라 검찰을 무시하지 마. 대한민국 범죄 계보는 쫙 잡고 있으니까."

비서는 떨리는 눈으로 고개를 돌려 희우를 바라봤다.

희우가 어깨를 으쓱하며 말을 이었다.

"아, 그런데 난 검사가 아니라 변호사네요. 알죠? 검사라면 당신을 잡았겠지만 지금은 변호해 주려는 거예요. 내 변호라면 당신 목숨은 건질 수 있을 것 같은데?"

～～

잠시 후, 비서는 건물에서 빠져나와 차량을 이동하고 있었다.

서울을 빠져나가 도심 외곽.

도로에는 그의 차량만이 있었다.

비서의 머릿속에는 지하 주차장에서 희우가 했던 말이 계속해서 맴돌고 있었다.

－천지용 본부장은 당신을 살려 두지 않을 겁니다. 그런 사람이라는 것은 충분히 알고 있잖아요? 기회를 주겠습니다. 모든 것을 폭로하고 감옥에 가느냐, 아니면 천지용 본부장의 손에 죽느냐. 선택하세요.

운전대를 잡은 비서의 손이 파르르 떨렸다.

사람을 죽이라고 명령하기는 쉬웠지만 자신이 직접 죽을지도 모른다고 하니 겁이 났다.

희우의 말이 계속해서 비서의 머릿속을 울렸다.

―당신이 폭로했다고 해서 제왕 그룹의 복수는 걱정하지 마세요. 제가 둘째 천유성 사장, 셋째 천하민 사장과 가까운 사이거든요. 그분들에게 천지용 본부장이 끌려 내려오는 것은 아주 행복한 일입니다.

희우의 마지막 말.

―마지막으로 한 번 더 말하겠습니다. 감옥에서 편안히 지내겠습니까, 아니면 고통스럽게 죽겠습니까? 두 시간 안으로 연락 주십시오.

그 말이 떠오름과 동시에 비서는 브레이크를 꽉 밟았다.

끼이이이이익!

차량이 멈추며 아스팔트에 스키드 마크가 검게 그려졌다.

비서는 운전대에 머리를 파묻었다.

그는 계속해서 생각을 이어 가고 있었다.

'대포폰 업자를 잡은 것으로 발신처를 알아낼 수 있을까?

아니, 업자가 장부를 가지고 있다면 충분히 가능해.'

천지용 본부장은 비서에게 직접 살해 지시를 내린 적은 없었다.

예전에도 그랬고 이번에도 그랬다.

그저 '마음에 들지 않아. 저런 사람이 없어져야 세상이 깨끗해지는 게 아닌가?'라는 말로 지시했을 뿐이었다.

순간 비서의 머릿속에 천지용 본부장의 싸늘한 눈빛이 떠올랐다.

살해 의혹이 방송되고 그를 바라보던 천지용 본부장의 그 눈빛!

비서는 몸을 가늘게 떨었다.

운전대를 잡은 비서의 손이 초조한지 계속해서 손가락을 움직이고 있었다.

완벽한 사건으로 위장하려면 그 주모자가 죽으면 된다.

세상에서 가장 간단한 이치.

진실을 알고 있는 비서가 죽는다면 이 사건은 쉽게 해결된다.

그리고 천지용 본부장은 복잡한 것을 싫어하는 사람.

돈이 있기에 모든 것을 편하게 할 수 있다고 믿는 사람.

비서가 떨리는 손으로 핸드폰을 들었다.

그의 전화가 향하는 곳은 희우였다.

-아직 두 시간 안 되었는데요. 결정하셨습니까?

"겨, 결정했습니다."

그날 밤.

천호령 회장의 자택.

계절이 바뀌며 싸늘한 바람이 불고 있었지만 천호령 회장은 정자에 앉아 계절을 느끼고 감상하는 것을 즐겼다.

그의 앞으로 조진석 비서실장이 다가와 허리를 숙여 인사한 후 맞은편에 앉았다.

그가 왔지만 천호령 회장은 고개도 돌리지 않고 이미 잎이 떨어진 앙상한 나무를 바라보며 말했다.

"지용이는 어떻게 될 것 같나?"

"아무래도 수사를 피하기는 어려울 것 같습니다."

"못난 놈."

하지만 그렇게 말하는 천호령 회장의 얼굴에 어떤 감정도 보이지 않았다.

첫째 아들이 감옥에 갈 수도 있다는 사실이 그에게는 아무것도 아닌 일로 느껴졌다.

잠시 더 나무를 바라보던 천호령 회장이 입을 열었다.

"조태섭이 아래에 있던 놈 중에 꽤 힘이 있는 놈이 누가 있었지? 김희우가 법을 잘 알고 있으니까 검찰 쪽이면 좋겠어."

"김석훈 중앙 지검장이 있었습니다. 총장으로 내정되어 있었지만 비리를 저질러 감옥으로 갔습니다."

"출소했나?"

"네, 했습니다. 지금 고향에 내려가 포도 농사를 지으며 전원생활을 즐기고 있다는 말을 들었습니다."

"전원생활? 권력을 손에 쥐었던 놈이 포도를 쥐고 있다고? 웃기는 이야기군."

한참을 웃던 천호령 회장이 뚝 웃음을 멈추고 조진석 비서실장을 바라봤다.

그 눈빛에 조진석 비서실장은 움찔거릴 수밖에 없었다. 천호령 회장의 주름진 눈가는 아직도 사람을 벨 수 있을 정도의 날카로움이 배여 있었으니까.

천호령이 물었다.

"김석훈이 가진 힘이 지금도 쓸 만하겠나?"

조진석 비서실장이 고개를 끄덕였다.

"시간이 지나기는 했지만 인맥으로는 여전히 대단한 힘을 가지고 있습니다. 그 아래에 있던 정필승 검사가 지금은 중앙 지검장에 올라 있으니까요."

천호령의 입가에 희미한 미소가 걸렸다.

그가 말했다.

"그 인맥에 우리의 힘을 준다면 김석훈은 다시 권력을 손에 잡을 수도 있겠구만."

"네. 가능할 것 같습니다."

천호령은 내년 4월 보궐선거에 자신의 끈을 집어넣어 국회에 더 많은 뿌리를 내리길 바라고 있었다.

지금도 막대한 정치가들을 돈이라는 끈으로 묶어 휘두르고 있었지만 그걸로 부족하다고 느꼈다.

천호령 회장이 조진석 비서실장을 보며 말했다.

"조태섭이 실패한 원인이 뭔지 아나?"

"모르겠습니다."

"자신이 최고라고 생각하는 자만 때문이야."

"……."

"난 언제나 최고라고 생각한 적이 없어. 그래서 더 몸집을 부풀리기 위해 앞에 있는 것을 잡아먹을 뿐이지."

조진석 비서실장은 말없이 천호령 회장의 말을 듣고 있을 뿐이었다.

천호령 회장이 말을 이었다.

"조태섭의 아래에 있었다면 김희우에게 앙심이 많겠군. 김석훈에게 힘을 줘서 보궐선거에 집어넣어 당선되게끔 해."

"알겠습니다."

웃기는 이야기였지만 국민들은 선거할 때, 사람을 보고 뽑지 않는다. 비리를 저지른 사람이든 살인을 저지른 사람이든 상관하지 않고 투표했다.

국민들에게는 '당'이 중요할 뿐, 선거에 뽑힐 인물은 중요하지 않았다.

김석훈이 해당 지역구에 잘 뽑히는 당으로 들어간다면 승리는 거의 확실했다.

그리고 천호령 회장은 김석훈이라는 사람을 그 당에서 공천을 받을 수 있게 만들 힘이 있었다.

천호령 회장의 말을 듣고 있는 조진석 비서실장의 등에는 식은땀이 주르륵 흐르고 있었다.

천호령 회장은 빈틈이 없다.

지금 돌멩이를 들고 싸움을 거는 김희우라는 애송이가 있지만 천호령 회장은 그런 김희우에게도 방심하지 않고 있었다.

아니, 얼마 전까지 김희우를 적수로 취급도 하지 않던 천호령 회장이었다.

그런 천호령 회장은 첫째 천지용이 끌려 내려갈 위기에 처하자 김희우를 다시 보기 시작했다. 그리고 희우에게 앙심이 많은 김석훈을 끌고 와 방어하고 있었다.

조진석 비서실장의 입가에 슬쩍 미소가 걸렸다.

그는 사실 김희우라는 이름이 두려웠다.

남들은 이빨이 빠졌다고 하지만 옛 역사를 뒤져 보면 늙은 호랑이가 한양에 내려와 도성을 발칵 뒤집어 놓은 일도 있다.

호랑이는 호랑이.

김희우는 김희우였다.

하지만 천호령 회장이 주시하기 시작한 이상 김희우에게 반격의 기회는 있을 수 없었다.

그게 돈이 가진 힘이었다.

그 시각, 희우는 다시 병실에 있었다.

의사가 연석을 보며 의아한 표정으로 고개를 갸웃거렸다.

"일어나야 할 시간인데 이상하군요. 내일까지 경과를 봐야 할 것 같습니다. 깨어나면 바로 간호사에게 알려 주십시오."

희우가 한숨과 함께 고개를 끄덕였다.

의사가 나간 후 희우는 다시 의자에 앉아 가만히 연석을 바라보고 있었다.

희우의 눈에는 수많은 감정이 복잡하게 얽히고설켰다.

조금 시간이 지났을 때, 병실의 문이 벌컥 열리고 상만이 나타났다. 이제야 연석이 쓰러졌다는 연락을 받고 일도 팽개치고 병원으로 달려온 것이다.

"연석아!"

몹시 걱정스러운 상만의 눈.

희우는 입에 손가락을 갖다 대며 조용히 하라는 신호를 보냈다. 그리고 자리에서 일어나 상만의 어깨를 툭툭 쳤다.

"다행히 크게 이상 있는 곳은 없대. 기다리면 일어날 거야. 강한 놈이잖아."

잠시 후, 상만과 희우는 병원 휴게실에 앉아 커피를 마시고 있었다.

상만이 물었다.

"도대체 무슨 일이 있던 거예요?"

희우는 간략하게 어제 일어났던 상황에 대해 상만에게 설명했다.

설명을 마치고 난 희우가 마지막으로 입을 열었다.

"제왕 그룹 천호령 회장의 첫째 아들 천지용 본부장. 외국어 중학교에는 천지용의 아들 천수영이 다니고 있어. 아마 자기 자식이 조금이라도 마음의 상처를 받길 원하지 않는 모양이야."

상만은 어이없다는 표정으로 말했다.

"단지 그 이유로 사람의 목숨을 가지고 노는 건가요?"

희우가 고개를 끄덕였다. 그리고 지갑에서 1만 원짜리 한 장을 꺼내 들어 상만에게 건넸다.

"들어 봐."

상만은 희우가 건넨 1만 원을 받아 들었다.

희우가 물었다.

"가볍지?"

"당연히 가볍죠."

"놈들에게 사람 목숨은 돈이라는 이름의 그 돈보다도 가볍다."

"……!"

희우는 한숨을 내쉬며 병원 휴게실 의자에 등을 깊숙이 파묻었다. 그리고 천장을 보며 말을 이었다.

"내가 정치를 그만두기 전에 가장 먼저 했던 일이 뭔지 너는 알지?"

상만은 고개를 끄덕였다.

당연히 희우가 시킨 일을 하던 게 상만이었으니 모를 수 없었다. 그 당시 상만이 희우의 지시를 받고 했던 일은 자산의 상당 부분을 정리하는 일이었다.

희우가 말했다.

"누군가는 말하지, 돈을 불려서 더 많은 돈을 가지고 사람들을 도왔다면 더 좋은 일에 쓸 수 있을 거라고."

"……."

"과연 그랬을까?"

상만은 대답하지 않았다.

김희우라는 남자.

상만이 최대한 주관적인 감정을 제외하고 객관적으로 느끼기에 악한 사람은 아니었다.

하지만 결코 착한 사람도 아니었다.

희우가 천장을 바라보며 계속 말했다.

"너도 그렇지 않았어? 돈이 많아지니까 1천 원, 1만 원, 10만 원, 100만 원, 1천만 원은 돈처럼 느껴지지 않아. 단지 숫자일 뿐이지. 그걸 누군가는 돈에 마비되는 현상이라고 말하더라."

상만이 고개를 끄덕였다.

상당의 자산을 정리했다고 해도 아직 수백억의 자산이 있었다. 물론 그 돈은 상만이 회사를 운영하고 직원들을 위해 남겨 둔 돈이었다.

어쨌든 지금 상만에게 1천만 원의 가치는 단지 은행 이자로 느껴질 뿐, 그 이상도 이하도 아니었다.

희우가 말했다.

"돈이 있으면 할 수 있는 게 많지. 대접받으면서 밥을 먹을 수도 있고 간단한 설거지조차 하지 않아도 돼. 모두 사람을 써서 할 수 있는 일들이니까. 그런데 그렇게 살면 돈 없는 평범한 사람이 나와 똑같은 사람으로 느껴질까? 돈만 있으면 마음껏 시켜서 사용할 수 있잖아?"

평범한 직업에도 계층을 나누는 게 사람이라는 존재였다.

60만 원의 일을 하는 사람.

100만 원의 일을 하는 사람.

250만 원, 300만 원.

매장에서 일하는 사람을 무시하고, 배달하는 사람을 무시한다.

하물며 돈이 엄청나게 많아 마음껏 할 수 있는 사람이라면?

희우가 말했다.

"고급 아파트에 살면서 배달하는 자장면 배달부에게 돈 1만 원을 건네주며 늦었다고 뭐라 하는 사람. 자장면 배달부는 죄송하다 말하며 아파트 내부의 고급스러운 인테리어를 보고 고개를 숙이지."

"……"

"그런 걸 요즘 말로 갑질이라고 말한다지? 그 갑질의 최상

위 포식자가 천호령 회장이야."

"……."

"그 사람은 돈의 노예지. 자신은 돈을 부린다고 생각하겠지만, 돈에 홀린 사람일 뿐이야."

희우가 자세를 고쳐 앉으며 말을 이었다.

"평범한 변호사가 제왕 그룹과 싸울 수 있다고 생각했던 것은 나만의 착각이었나 보다."

"……!"

"주변 사람들이 다치지 않을 거라고 생각한 것은 그중에서도 가장 큰 착각이었어."

희우의 표정을 본 상만이 어색하게 웃기 시작했다.

희우가 계속 말했다.

"법으로 싸워 보고 싶었는데 이번에도 안 되겠어."

상만이 어색하게 웃으며 고개를 저었다.

희우와 오랫동안 함께해 온 상만이었다.

그가 이런 눈빛을 하고 있다면 반드시 뭔가 있다는 것을 잘 알았다.

상만이 고개를 저으며 말했다.

"안 싸워도 되지 않나요? 사장님이면 평범하게 살아도 행복할 수 있어요."

"지금 아내가 분홍색 아기 옷을 사 오더라."

"성별 나왔어요?"

"물어보지는 않았어. 하지만 분홍색이면 딸이겠지?"

상만이 고개를 끄덕였다.

희우가 말했다.

"내 딸은 이런 세상에서 살게 하고 싶지 않아."

"……!"

"어느 시대에나 살인자가 있고, 사기꾼이 있고, 미친놈이 있어. 어느 세상에든 재벌이 있고, 권력자가 있지. 그건 마찬 가지야. 그것을 부정하는 것은 아니야. 하지만 탐욕에 젖은 돈의 노예가 된 사람이 위에서 마음대로 하는 세상은 싫다."

상만이 한숨을 내쉬며 말했다.

"알겠습니다. 제가 무슨 일을 하면 되나요?"

"내년 4월 보궐선거, 그것을 노린다. 앞으로 고생 좀 할 거야."

상만의 눈이 떨려 왔다.

"다시 정치하시려고요?"

"정치는 무슨? 그냥 나쁜 놈 때려잡으려면 그쪽이 더 빠르 니까 그렇지."

상만이 어이없다는 듯 고개를 저었다.

희우는 자리에서 일어나 병원의 창가로 걸어갔다. 그리고 창밖을 바라보며 쓸쓸하게 미소 지었다.

다음 권으로 이어집니다

ROK
MEDIA

더페이서 현대 판타지 장편소설

두 번
사는
플레이어

죽기 위한 전투는 끝났다! 전소한 불나방의 두 번째 삶!
『두 번 사는 플레이어』

압사당한 아버지, 온몸이 찢긴 어머니
산 채로 잡아먹힌 여동생, 난자당한 연인까지
미친 듯 몬스터에 맞서다 전사한 정우가 돌아간 곳은 14년 전?

가혹한 운명에 맞선 자에게 온 보상! 포기란 없다!

몬스터 사체를 이용, 각종 무기로 무장한 뒤
플레이어를 모아 길드 창립해 헌터들의 꼭대기에 선 그는
모든 일의 원흉인 소행성을 막기 위한 전투에 돌입하는데……

지키고 싶은, 지켜야 하는 이들의 앞에 선
가장 치명적인 병기의 화려한 전투가 시작된다!

정한담 장편소설

황색탄환

『태평천하』의 정한담
올 시즌 그라운드에 외계인을 던지다!

외계인을 신으로 모시는 무당 어머니 덕에
뛰어난 피지컬과 머리를 가지게 된 이민혁
축구부에 들어가 전국대회에서 활약하고
오성그룹의 지원을 받아 외국으로 향하는데……

축구의 성지, 유럽에서
탁월한 득점 능력과 드리블로 한국인들을 두근거리게 할
그의 압도적인 활약이 시작된다!

레버쿠젠, 차붐을 기억하는 그곳에서
'황색탄환'의 응원가가 울려 퍼지다!

ROK
MEDIA

꿈의 도약, 로크에서 하십시오
(주)로크미디어에서 신인 작가를 모십니다

즐거운 세상, 로크미디어는 꿈을 사랑하고 도전을 두려워하지 않는 작가 분들의 참신한 작품을 기다리고 있습니다. 21세기 장르 문학계를 이끌어 갈 차세대 선두 주자 (주)로크미디어에서 여러분의 나래를 활짝 펴 보시길 바랍니다.

모집 분야 판타지와 무협을 포함한 장르 문학
모집 대상 아마추어 작가, 인터넷 작가
모집 기한 수시 모집

  작품 접수 시 유의 사항

   1. 파일명은 작가명_작품명.hwp형식을 갖춰 주십시오.
   1. 파일에 들어갈 내용은 다음과 같습니다.
      ― 성명(필명인 경우 실명을 밝혀 주세요), 연락처, 이메일 주소
      ― 제목, 기획 의도
      ― A4용지 1장 분량의 등장인물 소개
      ― A4용지 2장 분량의 전체 줄거리
      ― 본문
   1. 작품이 인터넷에 연재되고 있다면, 게시판명과 사이트의 구체적이고 정확한 주소를 기재해 주십시오.

선택된 작품은 정식 계약 후 출판물로 간행되어 전국 서점에 유통됩니다.
작가 분은 (주)로크미디어의 전폭적인 지원하에 전속 작가로 활동하시게 됩니다.
※ 자세한 내용은 로크미디어 홈페이지(rokmedia.com)를 참조하세요.

(03920)서울시 마포구 성암로 330 DMC첨단산업센터 3층 314호
(주)로크미디어 편집부 신간 기획 담당자 앞
전화 : 02 ― 3273 ― 5135
www.rokmedia.com   이메일 : rokmedia@empas.com

**절대 권력자를 잡고 자취를 감췄던 천재 검사,
악덕 대기업을 무너뜨리기 위해 변호사로 돌아오다!
『어게인 마이 라이프 Season2』**

조태섭 의원을 체포하고 모든 것을 내려놓은 김희우
그런 그에게 연수원 동기의 자살 소식과 함께
한 통의 의뢰가 찾아든다

"남편의 명예를 되찾고 싶어서 찾아왔습니다.
절대 자살 같은 걸 할 사람이 아니에요."

한국 경제를 좌지우지하는 거대 그룹에 살해당한 친구를 위해
법무 법인 KMS에 입사한 그는
제왕 그룹을 파헤치기 위해 활동을 재개하는데……

**그가 있는 곳에 사회정의가 있다!
당신의 숨통을 틔워 줄 김희우 변호사의
치밀한 복수극이 시작된다!**

황금가

나한 신무협 장편소설

『황금수』『궁신』의 나한 신작!
은둔 고수(?) 장의사 금장생의 상조 문파 개업기!

중원삼대부자 황금전가의 셋째, 금장생
집에서 쫓겨나 새우잡이 배부터 조선 인삼밭 농사까지.
사업은커녕 잡부 생활만 죽어라 하다가
팔 년 만에 고향에 돌아왔는데……
가문이 망해 버렸다!?

우여곡절 끝에 야심 차게 시작한 장례 사업
목표는 분점 확장 후 놀고먹기!

그러나 의도와는 정반대로
시체 한 구로 엮이는 팔왕가와 흑지의 강자들
그런데 잡일만 하다 왔다는 사람이……
무림십대고수들을 마주해도 너무 태연하다?

"정말 무공을 전혀 익히지 않은 거 맞아요?"
"그런 게 뭐가 중요합니까. 돈이나 벌러 가죠."